Biblioteca Era

Gabriel García Márquez
EL CORONEL NO TIENE
QUIEN LE ESCRIBA

Gabriel García Márquez

EL CORONEL NO TIENE QUIEN LE ESCRIBA

Biblioteca Era

1a. edición: 1961
1a. reimpresión: 1963
2a. reimpresión: 1966
3a. reimpresión: 1967
4a. reimpresión: 1968
5a. reimpresión: 1969
6a. reimpresión: 1970
7a. reimpresión: 1972
8a. reimpresión: 1973
9a. reimpresión: 1974
10a. reimpresión: 1976
11a. reimpresión: 1977
12a. reimpresión: 1978
13a. reimpresión: 1978
14a. reimpresión: 1979
15a. reimpresión: 1980
16a. reimpresión: 1981
17a. reimpresión: 1982
18a. reimpresión: 1982
19a. reimpresión: 1983
20a. reimpresión: 1984
21a. reimpresión: 1985
22a. reimpresión: 1986
23a. reimpresión: 1987
24a. reimpresión: 1989
25a. reimpresión: 1990
ISBN: 968-411-201-7
© Gabriel García Márquez
DR Ediciones Era, S. A. de C. V.
Avena 102. 09810 México, D. F.
Impreso y hecho en México
Printed and Made in Mexico

El coronel destapó el tarro del café y comprobó que no había más de una cucharadita. Retiró la olla del fogón, vertió la mitad del agua en el piso de tierra, y con un cuchillo raspó el interior del tarro sobre la olla hasta cuando se desprendieron las últimas raspaduras del polvo de café revueltas con óxido de lata.

Mientras esperaba a que hirviera la infusión, sentado junto a la hornilla de barro cocido en una actitud de confiada e inocente expectativa, el coronel experimentó la sensación de que nacían hongos y lirios venenosos en sus tripas. Era octubre. Una mañana difícil de sortear, aun para un hombre como él que había sobrevivido a tantas mañanas como esa. Durante cincuenta y seis años —desde cuando terminó la última guerra civil— el coronel no había hecho nada distinto de esperar. Octubre era una de las pocas cosas que llegaban.

Su esposa levantó el mosquitero cuando lo vio entrar al dormitorio con el café. Esa noche había sufrido una crisis de asma y ahora atravesaba por un estado de sopor. Pero se incorporó para recibir la taza.

—Y tú —dijo.

—Ya tomé —mintió el coronel—. Todavía quedaba una cucharada grande.

En ese momento empezaron los dobles. El coronel se había olvidado del entierro. Mientras su esposa tomaba el café, descolgó la hamaca en un extremo y la enrolló en el otro, detrás de la puerta. La mujer pensó en el muerto.

—Nació en 1922 —dijo—. Exactamente un mes después de nuestro hijo. El siete de abril.

Siguió sorbiendo el café en las pausas de su respiración pedregosa. Era una mujer construida apenas en cartílagos blancos sobre una espina dorsal arqueada e inflexible. Los trastornos respiratorios la obligaban a preguntar afirmando. Cuando terminó el café todavía estaba pensando en el muerto.

"Debe ser horrible estar enterrado en octubre", dijo. Pero su marido no le puso atención. Abrió la ventana. Octubre se había instalado en el patio. Contemplando la vegetación que reventaba en verdes intensos, las minúsculas

8

tiendas de las lombrices en el barro, el coronel volvió a sentir el mes aciago en los intestinos.

—Tengo los huesos húmedos —dijo.

—Es el invierno —replicó la mujer—. Desde que empezó a llover te estoy diciendo que duermas con las medias puestas.

—Hace una semana que estoy durmiendo con ellas.

Llovía despacio pero sin pausas. El coronel habría preferido envolverse en una manta de lana y meterse otra vez en la hamaca. Pero la insistencia de los bronces rotos le recordó el entierro. "Es octubre", murmuró, y caminó hacia el centro del cuarto. Sólo entonces se acordó del gallo amarrado a la pata de la cama. Era un gallo de pelea.

Después de llevar la taza a la cocina dio cuerda en la sala a un reloj de péndulo montado en un marco de madera labrada. A diferencia del dormitorio, demasiado estrecho para la respiración de una asmática, la sala era amplia, con cuatro mecedoras de fibra en torno a una mesita con un tapete y un gato de yeso. En la pared opuesta a la del reloj, el cuadro de una mujer entre tules rodeada de amorines en una barca cargada de rosas.

Eran las siete y veinte cuando acabó de dar

cuerda al reloj. Luego llevó el gallo a la cocina, lo amarró a un soporte de la hornilla, cambió el agua al tarro y puso al lado un puñado de maíz. Un grupo de niños penetró por la cerca desportillada. Se sentaron en torno al gallo, a contemplarlo en silencio.

—No miren más a ese animal —dijo el coronel—. Los gallos se gastan de tanto mirarlos.

Los niños no se alteraron. Uno de ellos inició en la armónica los acordes de una canción de moda. "No toques hoy", le dijo el coronel. "Hay muerto en el pueblo". El niño guardó el instrumento en el bolsillo del pantalón y el coronel fue al cuarto a vestirse para el entierro.

La ropa blanca estaba sin planchar a causa del asma de la mujer. De manera que el coronel tuvo que decidirse por el viejo traje de paño negro que después de su matrimonio sólo usaba en ocasiones especiales. Le costó trabajo encontrarlo en el fondo del baúl, envuelto en periódicos y preservado contra las polillas con bolitas de naftalina. Estirada en la cama la mujer seguía pensando en el muerto.

—Ya debe haberse encontrado con Agustín —dijo— Pueda ser que no le cuente la situación en que quedamos después de su muerte.

10

—A esta hora estarán discutiendo de gallos —dijo el coronel.

Encontró en el baúl un paraguas enorme y antiguo. Lo había ganado la mujer en una tómbola política destinada a recolectar fondos para el partido del coronel. Esa misma noche asistieron a un espectáculo al aire libre que no fue interrumpido a pesar de la lluvia. El coronel, su esposa y su hijo Agustín —que entonces tenía ocho años— presenciaron el espectáculo hasta el final, sentados bajo el paraguas. Ahora Agustín estaba muerto y el forro de raso brillante había sido destruido por las polillas.

—Mira en lo que ha quedado nuestro paraguas de payaso de circo —dijo el coronel con una antigua frase suya. Abrió sobre su cabeza un misterioso sistema de varillas metálicas—. Ahora sólo sirve para contar las estrellas.

Sonrió. Pero la mujer no se tomó el trabajo de mirar el paraguas. "Todo está así", murmuró. "Nos estamos pudriendo vivos". Y cerró los ojos para pensar más intensamente en el muerto.

Después de afeitarse al tacto —pues carecía de espejo desde hacía mucho tiempo— el coronel se vistió en silencio. Los pantalones, casi tan ajustados a las piernas como los calzoncillos largos, cerrados en los tobillos con lazos corredizos, se sostenían en la cintura con dos lengüetas del mismo paño que pasaban a través de dos hebillas doradas cosidas a la altura de los riñones. No usaba correa. La camisa color de cartón antiguo, dura como un cartón, se cerraba con un botón de cobre que servía al mismo tiempo para sostener el cuello postizo. Pero el cuello postizo estaba roto, de manera que el coronel renunció a la corbata.

Hacía cada cosa como si fuera un acto trascendental. Los huesos de sus manos estaban forrados por un pellejo lúcido y tenso, manchado de carate como la piel del cuello. Antes de ponerse los botines de charol raspó el barro incrustado en la costura. Su esposa lo vio en ese instante, vestido como el día de su matrimonio. Sólo entonces advirtió cuánto había envejecido su esposo.

—Estás como para un acontecimiento —dijo.

—Este entierro es un acontecimiento —dijo el coronel—. Es el primer muerto de muerte natural que tenemos en muchos años.

Escampó después de las nueve. El coronel se disponía a salir cuando su esposa lo agarró por la manga del saco.

—Péinate —dijo.

El trató de doblegar con un peine de cuerno

las cerdas color de acero. Pero fue un esfuerzo inútil.

—Debo parecer un papagayo —dijo.

La mujer lo examinó. Pensó que no. El coronel no parecía un papagayo. Era un hombre árido, de huesos sólidos articulados a tuerca y tornillo. Por la vitalidad de sus ojos no parecía conservado en formol.

"Así estás bien", admitió ella, y agregó cuando su marido abandonaba el cuarto:

—Pregúntale al doctor si en esta casa le echamos agua caliente.

Vivían en el extremo del pueblo, en una casa de techo de palma con paredes de cal desconchadas. La humedad continuaba pero no llovía. El coronel descendió hacia la plaza por un callejón de casas apelotonadas. Al desembocar a la calle central sufrió un estremecimiento. Hasta donde alcanzaba su vista el pueblo estaba tapizado de flores. Sentadas a la puerta de las casas las mujeres de negro esperaban el entierro.

En la plaza comenzó otra vez la llovizna. El propietario del salón de billares vio al coronel desde la puerta de su establecimiento y le gritó con los brazos abiertos:

—Coronel, espérese y le presto un paraguas.

El coronel respondió sin volver la cabeza.

—Gracias, así voy bien.

Aún no había salido el entierro. Los hombres
—vestidos de blanco con corbatas negras— con-
versaban en la puerta bajo los paraguas. Uno
de ellos vio al coronel saltando sobre los charcos
de la plaza.

—Métase aquí, compadre —gritó.

Hizo espacio bajo el paraguas.

—Gracias, compadre —dijo el coronel.

Pero no aceptó la invitación. Entró directamente a la casa para dar el pésame a la madre
del muerto. Lo primero que percibió fue el olor
de muchas flores diferentes. Después empezó el
calor. El coronel trató de abrirse camino a través de la multitud bloqueada en la alcoba. Pero
alguien le puso una mano en la espalda, lo empujó hacia el fondo del cuarto por una galería
de rostros perplejos hasta el lugar donde se en-
contraban —profundas y dilatadas— las fosas
nasales del muerto.

Allí estaba la madre espantando las moscas
del ataúd con un abanico de palmas trenzadas.
Otras mujeres vestidas de negro contemplaban
el cadáver con la misma expresión con que se
mira la corriente de un río. De pronto empezó
una voz en el fondo del cuarto. El coronel hizo
de lado a una mujer, encontró de perfil a la

14

madre del muerto y le puso una mano en el hombro. Apretó los dientes.

—Mi sentido pésame —dijo.

Ella no volvió la cabeza. Abrió la boca y lanzó un aullido. El coronel se sobresaltó. Se sintió empujado contra el cadáver por una masa deforme que estalló en un vibrante alarido. Buscó apoyo con las manos pero no encontró la pared. Había otros cuerpos en su lugar. Alguien dijo junto a su oído, despacio, con una voz muy tierna: "Cuidado, coronel". Volteó la cabeza y se encontró con el muerto. Pero no lo reconoció porque era duro y dinámico y parecía tan desconcertado como él, envuelto en trapos blancos y con el cornetín en las manos. Cuando levantó la cabeza para buscar el aire por encima de los gritos vio la caja tapada dando tumbos hacia la puerta por una pendiente de flores que se despedazaban contra las paredes. Sudó. Le dolían las articulaciones. Un momento después supo que estaba en la calle porque la llovizna le maltrató los párpados y alguien lo agarró por el brazo y le dijo:

—Apúrese, compadre, lo estaba esperando.

Era don Sabas, el padrino de su hijo muerto, el único dirigente de su partido que escapó a la persecución política y continuaba viviendo en el pueblo. "Gracias, compadre", dijo el coronel, y caminó en silencio bajo el paraguas. La banda inició la marcha fúnebre. El coronel advirtió la falta de un cobre y por primera vez tuvo la certidumbre de que el muerto estaba muerto.

—El pobre —murmuró.

Don Sabas carraspeó. Sostenía el paraguas con la mano izquierda, el mango casi a la altura de la cabeza pues era más bajo que el coronel. Los hombres empezaron a conversar cuando el cortejo abandonó la plaza. Don Sabas volvió entonces hacia el coronel su rostro desconsolado, y dijo:

—Compadre, qué hay del gallo.

—Ahí está el gallo —respondió el coronel.

En ese instante se oyó un grito:

—¿A dónde van con ese muerto?

El coronel levantó la vista. Vio al alcalde en el balcón del cuartel en una actitud discursiva. Estaba en calzoncillos y franela, hinchada la mejilla sin afeitar. Los músicos suspendieron la marcha fúnebre. Un momento después el coronel reconoció la voz del padre Angel conversando a gritos con el alcalde. Descifró el diálogo a través de la crepitación de la lluvia sobre los paraguas.

—¿Entonces? —preguntó don Sabas.

16

—Entonces nada —respondió el coronel—.
Que el entierro no puede pasar frente al cuartel
de la policía.

—Se me había olvidado —exclamó don Sabas—. Siempre se me olvida que estamos en
estado de sitio.

—Pero esto no es una insurrección —dijo el
coronel—. Es un pobre músico muerto.

El cortejo cambió de sentido. En los barrios
bajos las mujeres lo vieron pasar mordiéndose
las uñas en silencio. Pero después salieron al medio de la calle y lanzaron gritos de alabanzas,
de gratitud y despedida, como si creyeran que
el muerto las escuchaba dentro del ataúd. El
coronel se sintió mal en el cementerio. Cuando
don Sabas lo empujó hacia la pared para dar
paso a los hombres que transportaban el muerto,
volvió su cara sonriente hacia él, pero se encontró con un rostro duro.

—Qué le pasa, compadre —preguntó.

El coronel suspiró.

—Es octubre, compadre.

Regresaron por la misma calle. Había escam-
pado. El cielo se hizo profundo, de un azul intenso. "Ya no llueve más", pensó el coronel, y
se sintió mejor, pero continuó absorto. Don Sabas lo interrumpió.

—Compadre, hágase ver del médico.

—No estoy enfermo —dijo el coronel— Lo que pasa es que en octubre siento como si tuviera animales en las tripas.

"Ah", hizo don Sabas. Y se despidió en la puerta de su casa, un edificio nuevo, de dos pisos, con ventanas de hierro forjado. El coronel se dirigió a la suya desesperado por abandonar el traje de ceremonias. Volvió a salir un momento después a comprar en la tienda de la esquina un tarro de café y media libra de maíz para el gallo.

El coronel se ocupó del gallo a pesar de que el jueves habría preferido permanecer en la hamaca. No escampó en varios días. En el curso de la semana reventó la flora de sus vísceras. Pasó varias noches en vela, atormentado por los silbidos pulmonares de la asmática. Pero octubre concedió una tregua el viernes en la tarde. Los compañeros de Agustín —oficiales de sastrería, como lo fue él, y fanáticos de la gallera— aprovecharon la ocasión para examinar el gallo. Estaba en forma.

El coronel volvió al cuarto cuando quedó solo en la casa con su mujer. Ella había reaccionado.

—Qué dicen —preguntó.

—Entusiasmados —informó el coronel—. Todos están ahorrando para apostarle al gallo.

—No sé qué le han visto a ese gallo tan feo —dijo la mujer—. A mí me parece un fenómeno: tiene la cabeza muy chiquita para las patas.

—Ellos dicen que es el mejor del Departamento —replicó el coronel—. Vale como cincuenta pesos.

Tuvo la certeza de que ese argumento justificaba su determinación de conservar el gallo, herencia del hijo acribillado nueve meses antes en la gallera, por distribuir información clandestina. "Es una ilusión que cuesta caro", dijo la mujer. "Cuando se acabe el maíz tendremos que alimentarlo con nuestros hígados". El coronel se tomó todo el tiempo para pensar mientras buscaba los pantalones de dril en el ropero.

—Es por pocos meses —dijo—. Ya se sabe con seguridad que hay peleas en enero. Después podemos venderlo a mejor precio.

Los pantalones estaban sin planchar. La mujer los estiró sobre la hornilla con dos planchas de hierro calentadas al carbón.

—Cuál es el apuro de salir a la calle —preguntó.

—El correo.

"Se me había olvidado que hoy es viernes", comentó ella de regreso al cuarto. El coronel estaba vestido pero sin los pantalones. Ella observó sus zapatos.

—Ya esos zapatos están de botar —dijo—. Sigue poniéndote los botines de charol.

20

El coronel se sintió desolado.

—Parecen zapatos de huérfano —protestó—. Cada vez que me los pongo me siento fugado de un asilo.

—Nosotros somos huérfanos de nuestro hijo —dijo la mujer.

También esta vez lo persuadió. El coronel se dirigió al puerto antes de que pitaran las lanchas. Botines de charol, pantalón blanco sin correa y la camisa sin el cuello postizo, cerrada arriba con el botón de cobre. Observó la maniobra de las lanchas desde el almacén del sirio Moisés. Los viajeros descendieron estragados después de ocho horas sin cambiar de posición. Los mismos de siempre: vendedores ambulantes y la gente del pueblo que había viajado la semana anterior y regresaba a la rutina.

La última fue la lancha del correo. El coronel la vio atracar con una angustiosa desazón. En el techo, amarrado a los tubos del vapor y protegido con tela encerada, descubrió el saco del correo. Quince años de espera habían agudizado su intuición. El gallo había agudizado su ansiedad. Desde el instante en que el administrador de correos subió a la lancha, desató el saco y se lo echó a la espalda, el coronel lo tuvo a la vista.

Lo persiguió por la calle paralela al puerto, un laberinto de almacenes y barracas con mercancías de colores en exhibición. Cada vez que lo hacía, el coronel experimentaba una ansiedad muy distinta pero tan apremiante como el terror. El médico esperaba los periódicos en la oficina de correos.

—Mi esposa le manda preguntar si en la casa le echaron agua caliente, doctor —le dijo el coronel.

Era un médico joven con el cráneo cubierto de rizos charolados. Había algo increíble en la perfección de su sistema dental. Se interesó por la salud de la asmática. El coronel suministró una información detallada sin descuidar los movimientos del administrador que distribuía las cartas en las casillas clasificadas. Su indolente manera de actuar exasperaba al coronel.

El médico recibió la correspondencia con el paquete de los periódicos. Puso a un lado los boletines de propaganda científica. Luego leyó superficialmente las cartas personales. Mientras tanto, el administrador distribuyó el correo entre los destinatarios presentes. El coronel observó la casilla que le correspondía en el alfabeto. Una carta aérea de bordes azules aumentó la tensión de sus nervios.

22

El médico rompió el sello de los periódicos. Se informó de las noticias destacadas mientras el coronel —fija la vista en su casilla— esperaba que el administrador se detuviera frente a ella. Pero no lo hizo. El médico interrumpió la lectura de los periódicos. Miró al coronel. Después miró al administrador sentado frente a los instrumentos del telégrafo y después otra vez al coronel.

—Nos vamos —dijo.

El administrador no levantó la cabeza.

—Nada para el coronel —dijo.

El coronel se sintió avergonzado.

—No esperaba nada —mintió. Volvió hacia el médico una mirada enteramente infantil—. Yo no tengo quién me escriba.

Regresaron en silencio. El médico concentrado en los periódicos. El coronel con su manera de andar habitual que parecía la de un hombre que desanda el camino para buscar una moneda perdida. Era una tarde lúcida. Los almendros de la plaza soltaban sus últimas hojas podridas. Empezaba a anochecer cuando llegaron a la puerta del consultorio.

—Qué hay de noticias —preguntó el coronel.

El médico le dio varios periódicos.

—No se sabe —dijo—. Es difícil leer entre líneas lo que permite publicar la censura.

El coronel leyó los titulares destacados. Noticias internacionales. Arriba, a cuatro columnas, una crónica sobre la nacionalización del canal de Suez. La primera página estaba casi completamente ocupada por las invitaciones a un entierro.

—No hay esperanzas de elecciones —dijo el coronel.

—No sea ingenuo, coronel —dijo el médico—. Ya nosotros estamos muy grandes para esperar al Mesías.

El coronel trató de devolverle los periódicos pero el médico se opuso.

—Lléveselos para su casa —dijo—. Los lee esta noche y me los devuelve mañana.

Un poco después de las siete sonaron en la torre las campanadas de la censura cinematográfica. El padre Angel utilizaba ese medio para divulgar la calificación moral de la película de acuerdo con la lista clasificada que recibía todos los meses por correo. La esposa del coronel contó doce campanadas.

—Mala para todos —dijo—. Hace como un año que las películas son malas para todos.

Bajó la tolda del mosquitero y murmuró: "El mundo está corrompido". Pero el coronel no hizo ningún comentario. Antes de acostarse amarró el gallo a la pata de la cama. Cerró la casa y fumigó insecticida en el dormitorio. Luego puso la lámpara en el suelo, colgó la hamaca y se acostó a leer los periódicos.

Los leyó por orden cronológico y desde la primera página hasta la última, incluso los avisos. A las once sonó el clarín del toque de queda. El coronel concluyó la lectura media hora más tarde, abrió la puerta del patio hacia la noche impenetrable, y orinó contra el horcón, acosado por los zancudos. Su esposa estaba despierta cuando él regresó al cuarto.

—No dicen nada de los veteranos —preguntó.

—Nada —dijo el coronel. Apagó la lámpara antes de meterse en la hamaca—. Al principio por lo menos publicaban la lista de los nuevos pensionados. Pero hace como cinco años que no dicen nada.

Llovió después de la media noche. El coronel concilió el sueño pero despertó un momento después alarmado por sus intestinos. Descubrió una gotera en algún lugar de la casa. Envuelto en una manta de lana hasta la cabeza trató de localizar la gotera en la oscuridad. Un hilo de sudor helado resbaló por su columna vertebral. Tenía fiebre. Se sintió flotando en círculos concéntricos dentro de un estanque de gelatina. Alguien habló. El coronel respondió desde su catre de revolucionario.

—Con quién hablas —preguntó la mujer.

—Con el inglés disfrazado de tigre que apareció en el campamento del coronel Aureliano Buendía —respondió el coronel. Se revolvió en la hamaca, hirviendo en la fiebre—. Era el duque de Marlborough.

Amaneció estragado. Al segundo toque para misa saltó de la hamaca y se instaló en una realidad turbia alborotada por el canto del gallo. Su cabeza giraba todavía en círculos concéntricos. Sintió náuseas. Salió al patio y se dirigió al excusado a través del minucioso cuchicheo y los sombríos olores del invierno. El interior del cuartito de madera con techo de zinc estaba enrarecido por el vapor amoniacal del bacinete. Cuando el coronel levantó la tapa surgió del pozo un vaho de moscas triangulares.

Era una falsa alarma. Acuclillado en la plataforma de tablas sin cepillar experimentó la desazón del anhelo frustrado. El apremio fue sustituido por un dolor sordo en el tubo digestivo. "No hay duda", murmuró. "Siempre me sucede lo mismo en octubre". Y asumió su actitud de confiada e inocente expectativa hasta cuando se apaciguaron los hongos de sus vísceras. Entonces volvió al cuarto por el gallo.

—Anoche estabas delirando de fiebre —dijo la mujer.

Había comenzado a poner orden en el cuarto, repuesta de una semana de crisis. El coronel hizo un esfuerzo para recordar.

—No era fiebre —mintió—. Era otra vez el sueño de las telarañas.

Como ocurría siempre, la mujer surgió excitada de la crisis. En el curso de la mañana volteó la casa al revés. Cambió el lugar de cada cosa, salvo el reloj y el cuadro de la ninfa. Era tan menuda y elástica que cuando transitaba con sus babuchas de pana y su traje negro enteramente cerrado parecía tener la virtud de pasar a través de las paredes. Pero antes de las doce había recobrado su densidad, su peso humano. En la cama era un vacío. Ahora, moviéndose entre los tiestos de helechos y begonias, su presencia desbordaba la casa. "Si Agustín tuviera su año me pondría a cantar", dijo, mientras revolvía la olla donde hervían cortadas en trozos todas las cosas de comer que la tierra del trópico es capaz de producir.

—Si tienes ganas de cantar, canta —dijo el coronel—. Eso es bueno para la bilis.

El médico vino después del almuerzo. El coronel y su esposa tomaban el café en la cocina cuando él empujó la puerta de la calle y gritó:

—Se murieron los enfermos.

El coronel se levantó a recibirlo.

—Así es, doctor —dijo dirigiéndose a la sala—. Yo siempre he dicho que su reloj anda con el de los gallinazos.

La mujer fue al cuarto a prepararse para el examen. El médico permaneció en la sala con el coronel. A pesar del calor, su traje de lino intachable exhalaba un hálito de frescura. Cuando la mujer anunció que estaba preparada, el médico entregó al coronel tres pliegos dentro de un sobre. Entró al cuarto, diciendo: "Es lo que no decían los periódicos de ayer".

El coronel lo suponía. Era una síntesis de los últimos acontecimientos nacionales impresa en mimeógrafo para la circulación clandestina. Revelaciones sobre el estado de la resistencia armada en el interior del país. Se sintió demolido. Diez años de informaciones clandestinas no le habían enseñado que ninguna noticia era más sorprendente que la del mes entrante. Había terminado de leer cuando el médico volvió a la sala.

—Esta paciente está mejor que yo —dijo—.

Con un asma como esa yo estaría preparado para vivir cien años.

El coronel lo miró sombríamente. Le devolvió el sobre sin pronunciar una palabra, pero el médico lo rechazó.

—Hágala circular —dijo en voz baja.

El coronel guardó el sobre en el bolsillo del pantalón. La mujer salió del cuarto diciendo: "Un día de estos me muero y me lo llevo a los infiernos, doctor". El médico respondió en silencio con el estereotipado esmalte de sus dientes. Rodó una silla hacia la mesita y extrajo del maletín varios frascos de muestras gratuitas. La mujer pasó de largo hacia la cocina.

—Espérese y le caliento el café.

—No, muchas gracias —dijo el médico. Escribió la dosis en una hoja del formulario—. Le niego rotundamente la oportunidad de envenenarme.

Ella rió en la cocina. Cuando acabó de escribir, el médico leyó la fórmula en voz alta pues tenía conciencia de que nadie podía descifrar su escritura. El coronel trató de concentrar la atención. De regreso de la cocina la mujer descubrió en su rostro los estragos de la noche anterior.

—Esta madrugada tuvo fiebre —dijo, refiriéndose a su marido—. Estuvo como dos horas diciendo disparates de la guerra civil.

El coronel se sobresaltó.

"No era fiebre", insistió, recobrando su compostura. "Además —dijo— el día que me sienta mal no me pongo en manos de nadie. Me boto yo mismo en el cajón de la basura".

Fue al cuarto a buscar los periódicos.

—Gracias por la flor —dijo el médico.

Caminaron juntos hacia la plaza. El aire estaba seco. El betún de las calles empezaba a fundirse con el calor. Cuando el médico se despidió, el coronel le preguntó en voz baja, con los dientes apretados:

—Cuánto le debemos— doctor.

—Por ahora nada —dijo el médico, y le dio una palmadita en la espalda—. Ya le pasaré una cuenta gorda cuando gane el gallo.

El coronel se dirigió a la sastrería a llevar la carta clandestina a los compañeros de Agustín. Era su único refugio desde cuando sus copartidarios fueron muertos o expulsados del pueblo, y él quedó convertido en un hombre solo sin otra ocupación que esperar el correo todos los viernes.

El calor de la tarde estimuló el dinamismo de la mujer. Sentada entre las begonias del corre-

30

dor junto a una caja de ropa inservible, hizo otra vez el eterno milagro de sacar prendas nuevas de la nada. Hizo cuellos de mangas y puños de tela de la espalda y remiendos cuadrados, perfectos, aun con retazos de diferente color. Una cigarra instaló su pito en el patio. El sol maduró. Pero ella no lo vio agonizar sobre las begonias. Sólo levantó la cabeza al anochecer cuando el coronel volvió a la casa. Entonces se apretó el cuello con las dos manos, se desajustó las coyunturas; dijo: "Tengo el cerebro tieso como un palo".

—Siempre lo has tenido así —dijo el coronel, pero luego observó el cuerpo de la mujer enteramente cubierto de retazos de colores—. Pareces un pájaro carpintero.

—Hay que ser medio carpintero para vestirte —dijo ella. Extendió una camisa fabricada con género de tres colores diferentes, salvo el cuello y los puños que eran del mismo color—. En los carnavales te bastará con quitarte el saco.

La interrumpieron las campanadas de las seis. "El ángel del señor anunció a María", rezó en voz alta, dirigiéndose con la ropa al dormitorio. El coronel conversó con los niños que al salir de la escuela habían ido a contemplar el gallo. Luego recordó que no había maíz para el día siguiente y entró al dormitorio a pedir dinero a su mujer.

—Creo que ya no quedan sino cincuenta centavos —dijo ella.

Guardaba el dinero bajo la estera de la cama, anudado en la punta de un pañuelo. Era el producto de la máquina de coser de Agustín. Durante nueve meses habían gastado ese dinero centavo a centavo, repartiéndolo entre sus propias necesidades y las necesidades del gallo. Ahora sólo había dos monedas de a veinte y una de a diez centavos.

—Compras una libra de maíz —dijo la mujer—. Compras con los vueltos el café de mañana y cuatro onzas de queso.

—Y un elefante dorado para colgarlo en la puerta —prosiguió el coronel—. Sólo el maíz cuesta cuarenta y dos.

Pensaron un momento. "El gallo es un animal y por lo mismo puede esperar", dijo la mujer inicialmente. Pero la expresión de su marido la obligó a reflexionar. El coronel se sentó en la cama, los codos apoyados en las rodillas, haciendo sonar las monedas entre las manos. "No es por mí", dijo al cabo de un momento. "Si de mí dependiera haría esta misma noche un sancocho de gallo. Debe ser muy buena una indigestión de cincuenta pesos". Hizo una pausa para destripar un zancudo en el cuello. Luego siguió a su mujer con la mirada alrededor del cuarto.

—Lo que me preocupa es que esos pobres muchachos están ahorrando.

Entonces ella empezó a pensar. Dio una vuelta completa con la bomba de insecticida. El coronel descubrió algo de irreal en su actitud, como si estuviera convocando para consultarlos a los espíritus de la casa. Por último puso la bomba sobre el altarcillo de litografías y fijó sus ojos color de almíbar en los ojos color de almíbar del coronel.

—Compra el maíz —dijo—. Ya sabrá Dios cómo hacemos nosotros para arreglarnos.

"Este es el milagro de la multiplicación de los panes", repitió el coronel cada vez que se sentaron a la mesa en el curso de la semana siguiente. Con su asombrosa habilidad para componer, zurcir y remendar, ella parecía haber descubierto la clave para sostener la economía doméstica en el vacío. Octubre prolongó la tregua. La humedad fue sustituida por el sopor. Reconfortada por el sol de cobre la mujer destinó tres tardes a su laborioso peinado. "Ahora empieza la misa cantada", dijo el coronel la tarde en que ella desenredó las largas hebras azules con un peine de dientes separados. La segunda tarde, sentada en el patio con una sábana blanca en el regazo, utilizó un peine más fino para sacar los piojos que habían proliferado durante la crisis. Por último se lavó la cabeza con agua de alhucema, esperó a que secara, y se enrolló el cabello en la nuca en dos vueltas sostenidas con una peineta.

El coronel esperó. De noche, desvelado en la hamaca, sufrió muchas horas por la suerte del gallo. Pero el miércoles lo pesaron y estaba en forma.

Esa misma tarde, cuando los compañeros de Agustín abandonaron la casa haciendo cuentas alegres sobre la victoria del gallo, también el coronel se sintió en forma. La mujer le cortó el cabello. "Me has quitado veinte años de encima", dijo él, examinándose la cabeza con las manos. La mujer pensó que su marido tenía razón.

—Cuando estoy bien soy capaz de resucitar un muerto —dijo.

Pero su convicción duró muy pocas horas. Ya no quedaba en la casa nada que vender, salvo el reloj y el cuadro. El jueves en la noche, en el último extremo de los recursos, la mujer manifestó su inquietud ante la situación.

—No te preocupes —la consoló el coronel—. Mañana viene el correo.

Al día siguiente esperó las lanchas frente al consultorio del médico.

—El avión es una cosa maravillosa —dijo el coronel, los ojos apoyados en el saco del correo—. Dicen que puede llegar a Europa en una noche.

"Así es", dijo el médico, abanicándose con una revista ilustrada. El coronel descubrió al administrador postal en un grupo que esperaba el final de la maniobra para saltar a la lancha. Saltó el primero. Recibió del capitán un sobre lacrado. Después subió al techo. El saco del correo estaba amarrado entre dos tambores de petróleo.

—Pero no deja de tener sus peligros —dijo el coronel. Perdió de vista al administrador, pero lo recobró entre los frascos de colores del carrito de refrescos—. La humanidad no progresa de balde.

—En la actualidad es más seguro que una lancha —dijo el médico—. A veinte mil pies de altura se vuela por encima de las tempestades.

—Veinte mil pies —repitió el coronel, perplejo, sin concebir la noción de la cifra.

El médico se interesó. Estiró la revista con las dos manos hasta lograr una inmovilidad absoluta.

—Hay una estabilidad perfecta —dijo.

Pero el coronel estaba pendiente del administrador. Lo vio consumir un refresco de espuma rosada sosteniendo el vaso con la mano izquierda. Sostenía con la derecha el saco del correo.

—Además, en el mar hay barcos anclados en

permanente contacto con los aviones nocturnos —siguió diciendo el médico—. Con tantas precauciones es más seguro que una lancha.

El coronel lo miró.

—Por supuesto —dijo—. Debe ser como las alfombras.

El administrador se dirigió directamente hacia ellos. El coronel retrocedió impulsado por una ansiedad irresistible tratando de descifrar el nombre escrito en el sobre lacrado. El administrador abrió el saco. Entregó al médico el paquete de los periódicos. Luego desgarró el sobre de la correspondencia privada, verificó la exactitud de la remesa y leyó en las cartas los nombres de los destinatarios. El médico abrió los periódicos.

—Todavía el problema de Suez —dijo, leyendo los titulares destacados—. El occidente pierde terreno.

El coronel no leyó los titulares. Hizo un esfuerzo para reaccionar contra su estómago. "Desde que hay censura los periódicos no hablan sino de Europa", dijo. "Lo mejor será que los europeos se vengan para acá y que nosotros nos vayamos para Europa. Así sabrá todo el mundo lo que pasa en su respectivo país".

—Para los europeos América del Sur es un

hombre de bigotes, con una guitarra y un revól-
ver —dijo el médico, riendo sobre el periódico—. No entienden el problema.

El administrador le entregó la correspondencia. Metió el resto en el saco y lo volvió a cerrar.
El médico se dispuso a leer dos cartas personales. Pero antes de romper los sobres miró al coronel. Luego miró al administrador.

—¿Nada para el coronel?

El coronel sintió el terror. El administrador
se echó el saco al hombro, bajó el andén y respondió sin volver la cabeza:

—El coronel no tiene quién le escriba.

Contrariando su costumbre no se dirigió directamente a la casa. Tomó café en la sastrería
mientras los compañeros de Agustín hojeaban
los periódicos. Se sentía defraudado. Habría
preferido permanecer allí hasta el viernes siguiente para no presentarse esa noche ante su
mujer con las manos vacías. Pero cuando cerra-
ron la sastrería tuvo que hacerle frente a la realidad. La mujer lo esperaba.

—Nada —preguntó.

—Nada —respondió el coronel.

El viernes siguiente volvió a las lanchas. Y
como todos los viernes regresó a su casa sin la
carta esperada. "Ya hemos cumplido con espe-

38

rar", le dijo esa noche su mujer. "Se necesita tener esa paciencia de buey que tú tienes para esperar una carta durante quince años". El coronel se metió en la hamaca a leer los periódicos.

—Hay que esperar el turno —dijo—. Nuestro número es el mil ochocientos veintitrés.

—Desde que estamos esperando, ese número ha salido dos veces en la lotería —replicó la mujer.

El coronel leyó, como siempre, desde la primera página hasta la última, incluso los avisos. Pero esta vez no se concentró. Durante la lectura pensó en su pensión de veterano. Diecinueve años antes, cuando el congreso promulgó la ley, se inició un proceso de justificación que duró ocho años. Luego necesitó seis años más para hacerse incluir en el escalafón. Esa fue la última carta que recibió el coronel.

Terminó después del toque de queda. Cuando iba a apagar la lámpara cayó en la cuenta de que su mujer estaba despierta.

—¿Tienes todavía aquel recorte?

La mujer pensó.

—Sí. Debe estar con los otros papeles.

Salió del mosquitero y extrajo del armario un cofre de madera con un paquete de cartas ordenadas por las fechas y aseguradas con una cinta elástica. Localizó un anuncio de una agencia de abogados que se comprometía a una gestión activa de las pensiones de guerra.

—Desde que estoy con el tema de que cambies de abogado ya hubiéramos tenido tiempo hasta de gastarnos la plata —dijo la mujer, entregando a su marido el recorte de periódico—. Nada sacamos con que nos la metan en el cajón como a los indios.

El coronel leyó el recorte fechado dos años antes. Lo guardó en el bolsillo de la camisa colgada detrás de la puerta.

—Lo malo es que para el cambio de abogado se necesitaría dinero.

—Nada de eso —decidió la mujer—. Se les escribe diciendo que descuenten lo que sea de la misma pensión cuando la cobren. Es la única manera de que se interesen en el asunto.

Así que el sábado en la tarde el coronel fue a visitar a su abogado. Lo encontró tendido a la bartola en una hamaca. Era un negro monumental sin nada más que los dos colmillos en la mandíbula superior. Metió los pies en unas pantuflas con suelas de madera y abrió la ventana del despacho sobre una polvorienta pianola con papeles embutidos en los espacios de los rollos:

recortes del "Diario Oficial" pegados con goma en viejos cuadernos de contabilidad y una colección salteada de los boletines de la contraloría. La pianola sin teclas servía al mismo tiempo de escritorio. El abogado se sentó en una silla de resortes. El coronel expuso su inquietud antes de revelar el propósito de su visita.

"Yo le advertí que la cosa no era de un día para el otro", dijo el abogado en una pausa del coronel. Estaba aplastado por el calor. Forzó hacia atrás los resortes de la silla y se abanicó con un cartón de propaganda.

—Mis agentes me escriben con frecuencia diciendo que no hay que desesperarse.

—Es lo mismo desde hace quince años —replicó el coronel—. Esto empieza a parecerse al cuento del gallo capón.

El abogado hizo una descripción muy gráfica de los vericuetos administrativos. La silla era demasiado estrecha para sus nalgas otoñales. "Hace quince años era más fácil", dijo. "Entonces existía la asociación municipal de veteranos compuesta por elementos de los dos partidos". Se llenó los pulmones de un aire abrasante y pronunció la sentencia como si acabara de inventarla:

—La unión hace la fuerza.

—En este caso no la hizo —dijo el coronel, por primera vez dándose cuenta de su soledad—. Todos mis compañeros se murieron esperando el correo.

El abogado no se alteró.

—La ley fue promulgada demasiado tarde —dijo—. No todos tuvieron la suerte de usted que fue coronel a los veinte años. Además, no se incluyó una partida especial, de manera que el gobierno ha tenido que hacer remiendos en el presupuesto.

Siempre la misma historia. Cada vez que el coronel la escuchaba padecía un sordo resentimiento. "Esto no es una limosna", dijo. "No se trata de hacernos un favor. Nosotros nos rompimos el cuero para salvar la república". El abogado se abrió de brazos.

—Así es, coronel —dijo—. La ingratitud humana no tiene límites.

También esa historia la conocía el coronel. Había empezado a escucharla al día siguiente del tratado de Neerlandia cuando el gobierno prometió auxilios de viaje e indemnizaciones a doscientos oficiales de la revolución. Acampado en torno a la gigantesca ceiba de Neerlandia un batallón revolucionario compuesto en gran parte por adolescentes fugados de la escuela, esperó durante tres meses. Luego regresaron a sus casas por sus propios medios y allí siguieron esperando. Casi sesenta años después todavía el coronel esperaba.

Excitado por los recuerdos asumió una actitud trascendental. Apoyó en el hueso del muslo la mano derecha —puros huesos cosidos con fibras nerviosas— y murmuró:

—Pues yo he decidido tomar una determinación.

El abogado quedó en suspenso.

—¿Es decir?

—Cambio de abogado.

Una pata seguida por varios patitos amarillos entró al despacho. El abogado se incorporó para hacerla salir. "Como usted diga, coronel", dijo, espantando los animales. "Será como usted diga. Si yo pudiera hacer milagros no estaría viviendo en este corral". Puso una verja de madera en la puerta del patio y regresó a la silla.

—Mi hijo trabajó toda su vida —dijo el coronel—. Mi casa está hipotecada. La ley de jubilaciones ha sido una pensión vitalicia para los abogados.

—Para mí no —protestó el abogado—. Hasta el último centavo se ha gastado en diligencias.

El coronel sufrió con la idea de haber sido

injusto.

—Eso es lo que quise decir —corrigió. Se secó la frente con la manga de la camisa—. Con este calor se oxidan las tuercas de la cabeza.

Un momento después el abogado revolvió el despacho en busca del poder. El sol avanzó hacia el centro de la escueta habitación construida con tablas sin cepillar. Después de buscar inútilmente por todas partes, el abogado se puso a gatas, bufando, y cogió un rollo de papeles bajo la pianola.

—Aquí está.

Entregó al coronel una hoja de papel sellado. "Tengo que escribirles a mis agentes para que anulen las copias", concluyó. El coronel sacudió el polvo y se guardó la hoja en el bolsillo de la camisa.

—Rómpala usted mismo —dijo el abogado.

"No", respondió el coronel. "Son veinte años de recuerdos". Y esperó a que el abogado siguiera buscando. Pero no lo hizo. Fue hasta la hamaca a secarse el sudor. Desde allí miro al coronel a través de una atmósfera reverberante.

—También necesito los documentos —dijo el coronel.

—Cuáles.

—La justificación.

44

El abogado se abrió de brazos.

—Eso sí que será imposible, coronel.

El coronel se alarmó. Como tesorero de la revolución en la circunscripción de Macondo había realizado un penoso viaje de seis días con los fondos de la guerra civil en dos baúles amarrados al lomo de una mula. Llegó al campamento de Neerlandia arrastrando la mula muerta de hambre media hora antes de que se firmara el tratado. El coronel Aureliano Buendía —intendente general de las fuerzas revolucionarias en el litoral Atlántico— extendió el recibo de los fondos e incluyó los dos baúles en el inventario de la rendición.

—Son documentos de un valor incalculable —dijo el coronel—. Hay un recibo escrito de su puño y letra del coronel Aureliano Buendía.

—De acuerdo —dijo el abogado—. Pero esos documentos han pasado por miles y miles de manos en miles y miles de oficinas hasta llegar a quién sabe qué departamento del ministerio de guerra.

—Unos documentos de esa índole no pueden pasar inadvertidos para ningún funcionario —dijo el coronel.

—Pero en los últimos quince años han cambiado muchas veces los funcionarios —precisó el abogado—. Piense usted que ha habido siete presidentes y que cada presidente cambió por lo menos diez veces su gabinete y que cada ministro cambió sus empleados por lo menos cien veces.

—Pero nadie pudo llevarse los documentos para su casa —dijo el coronel—. Cada nuevo funcionario debió encontrarlos en su sitio.

El abogado se desesperó.

—Además, si esos papeles salen ahora del ministerio tendrán que someterse a un nuevo turno para el escalafón.

—No importa —dijo el coronel.

—Será cuestión de siglos.

—No importa. El que espera lo mucho espera lo poco.

Llevó a la mesita de la sala un block de papel rayado, la pluma, el tintero y una hoja de papel secante, y dejó abierta la puerta del cuarto por si tenía que consultar algo con su mujer. Ella rezó el rosario.

—¿A cómo estamos hoy?

—27 de octubre.

Escribió con una compostura aplicada, puesta la mano con la pluma en la hoja de papel secante, recta la columna vertebral para favorecer la respiración, como le enseñaron en la escuela. El calor se hizo insoportable en la sala cerrada. Una gota de sudor cayó en la carta. El coronel la recogió en el papel secante. Después trató de raspar las palabras disueltas, pero hizo un borrón. No se desesperó. Escribió una llamada y anotó al margen: "derechos adquiridos". Luego leyó todo el párrafo.

—¿Qué día me incluyeron en el escalafón?

47

La mujer no interrumpió la oración para pensar.

—12 de agosto de 1949.

Un momento después empezó a llover. El coronel llenó una hoja de garabatos grandes, un poco infantiles, los mismos que le enseñaron en la escuela pública de Manaure. Luego una segunda hoja hasta la mitad, y firmó.

Leyó la carta a su mujer. Ella aprobó cada frase con la cabeza. Cuando terminó la lectura el coronel cerró el sobre y apagó la lámpara.

—Puedes decirle a alguien que te la saque a máquina.

—No —respondió el coronel—. Ya estoy cansado de andar pidiendo favores.

Durante media hora sintió la lluvia contra las palmas del techo. El pueblo se hundió en el diluvio. Después del toque de queda empezó la gota en algún lugar de la casa.

—Esto se ha debido hacer desde hace mucho tiempo —dijo la mujer—. Siempre es mejor entenderse directamente.

—Nunca es demasiado tarde —dijo el coronel, pendiente de la gotera—. Pueda ser que todo esté resuelto cuando se cumpla la hipoteca de la casa.

—Faltan dos años —dijo la mujer.

Él encendió la lámpara para localizar la gotera en la sala. Puso debajo el tarro del gallo y regresó al dormitorio perseguido por el ruido metálico del agua en la lata vacía.

—Es posible que por el interés de ganarse la plata lo resuelvan antes de enero —dijo, y se convenció a sí mismo—. Para entonces Agustín habrá cumplido su año y podemos ir al cine.

Ella rió en voz baja. "Ya ni siquiera me acuerdo de los monicongos", dijo. El coronel trató de verla a través del mosquitero.

—¿Cuándo fuiste al cine por última vez?

—En 1931 —dijo ella—. Daban "La voluntad del muerto".

—¿Hubo puños?

—No se supo nunca. El aguacero se desgajó cuando el fantasma trataba de robarle el collar a la muchacha.

Los durmió el rumor de la lluvia. El coronel sintió un ligero malestar en los intestinos. Pero no se alarmó. Estaba a punto de sobrevivir a un nuevo octubre. Se envolvió en una manta de lana y por un momento percibió la pedregosa respiración de la mujer —remota— navegando en otro sueño. Entonces habló, perfectamente consciente.

La mujer despertó.

—¿Con quién hablas?

—Con nadie —dijo el coronel—. Estaba pensando que en la reunión de Macondo tuvimos razón cuando le dijimos al coronel Aureliano Buendía que no se rindiera. Eso fue lo que echó a perder el mundo.

Llovió toda la semana. El dos de noviembre —contra la voluntad del coronel— la mujer llevó flores a la tumba de Agustín. Volvió del cementerio con una nueva crisis. Fue una semana dura. Más dura que las cuatro semanas de octubre a las cuales el coronel no creyó sobrevivir. El médico estuvo a ver a la enferma y salió de la pieza gritando: "Con un asma como esa yo estaría preparado para enterrar a todo el pueblo". Pero habló a solas con el coronel y prescribió un régimen especial.

También el coronel sufrió una recaída. Agonizó muchas horas en el excusado, sudando hielo, sintiendo que se pudría y se caía a pedazos la flora de sus vísceras. "Es el invierno", se repitió sin desesperarse. "Todo será distinto cuando acabe de llover". Y lo creyó realmente, seguro de estar vivo en el momento en que llegara la carta.

A él le correspondió esta vez remendar la economía doméstica. Tuvo que apretar los dientes

50

muchas veces para solicitar crédito en las tiendas vecinas. "Es hasta la semana entrante", decía, sin estar seguro él mismo de que era cierto. "Es una platita que ha debido llegarme desde el viernes". Cuando surgió de la crisis la mujer lo reconoció con estupor.

—Estás en el hueso pelado —dijo.

—Me estoy cuidando para venderme —dijo el coronel—. Ya estoy encargado por una fábrica de clarinetes.

Pero en realidad estaba apenas sostenido por la esperanza de la carta. Agotado, los huesos molidos por la vigilia, no pudo ocuparse al mismo tiempo de sus necesidades y del gallo. En la segunda quincena de noviembre creyó que el animal se moriría después de dos días sin maíz. Entonces se acordó de un puñado de habichuelas que había colgado en julio sobre la hornilla. Abrió las vainas y puso al gallo un tarro de semillas secas.

—Ven acá —dijo.

—Un momento —respondió el coronel, observando la reacción del gallo—. A buena hambre no hay mal pan.

Encontró a su esposa tratando de incorporarse en la cama. El cuerpo estragado exhalaba un vaho de hierbas medicinales. Ella pronunció las palabras, una a una, con una precisión calculada:

—Sales inmediatamente de ese gallo.

El coronel había previsto aquel momento. Lo esperaba desde la tarde en que acribillaron a su hijo y él decidió conservar el gallo. Había tenido tiempo de pensar.

—Ya no vale la pena —dijo—. Dentro de tres meses será la pelea y entonces podremos venderlo a mejor precio.

—No es cuestión de plata —dijo la mujer—. Cuando vengan los muchachos les dices que se lo lleven y hagan con él lo que les dé la gana.

—Es por Agustín —dijo el coronel con un argumento previsto—. Imagínate la cara con que hubiera venido a comunicarnos la victoria del gallo.

La mujer pensó efectivamente en su hijo.

"Esos malditos gallos fueron su perdición", gritó. "Si el tres de enero se hubiera quedado en la casa no lo hubiera sorprendido la mala hora" Dirigió hacia la puerta un índice escuálido y exclamó:

—Me parece que lo estuviera viendo cuando salió con el gallo debajo del brazo. Le advertí que no fuera a buscar una mala hora en la gallera y él me mostró los dientes y me dijo: "Cállate, que esta tarde nos vamos a podrir de plata".

Cayó extenuada. El coronel la empujó suavemente hacia la almohada. Sus ojos tropezaron con otros ojos exactamente iguales a los suyos. "Trata de no moverte", dijo, sintiendo los silbidos dentro de sus propios pulmones. La mujer cayó en un sopor momentáneo. Cerró los ojos. Cuando volvió a abrirlos su respiración parecía más reposada.

—Es por la situación en que estamos —dijo—. Es pecado quitarnos el pan de la boca para echárselo a un gallo.

El coronel le secó la frente con la sábana.

—Nadie se muere en tres meses.

—Y mientras tanto qué comemos —preguntó la mujer.

—No sé —dijo el coronel—. Pero si nos fuéramos a morir de hambre ya nos hubiéramos muerto.

El gallo estaba perfectamente vivo frente al tarro vacío. Cuando vio al coronel emitió un monólogo gutural, casi humano, y echó la cabeza hacia atrás. Él le hizo una sonrisa de complicidad:

—La vida es dura, camarada.

Salió a la calle. Vagó por el pueblo en siesta,

sin pensar en nada, ni siquiera tratando de convencerse de que su problema no tenía solución. Anduvo por calles olvidadas hasta cuando se encontró agotado. Entonces volvió a casa. La mujer lo sintió entrar y lo llamó al cuarto.

—¿Qué?

Ella respondió sin mirarlo.

—Que podemos vender el reloj.

El coronel había pensado en eso. "Estoy segura de que Alvaro te da cuarenta pesos enseguida", dijo la mujer. "Fíjate la facilidad con que compró la máquina de coser".

Se refería al sastre para quien trabajó Agustín.

—Se le puede hablar por la mañana —admitió el coronel.

—Nada de hablar por la mañana —precisó ella—. Le llevas ahora mismo el reloj, se lo pones en la mesa y le dices: "Alvaro, aquí le traigo este reloj para que me lo compre". Él entenderá en seguida.

El coronel se sintió desgraciado.

—Es como andar cargando el santo sepulcro —protestó—. Si me ven por la calle con semejante escaparate me sacan en una canción de Rafael Escalona.

Pero también esta vez su mujer lo convenció.

54

Ella misma descolgó el reloj, lo envolvió en periódicos y se lo puso entre las manos. "Aquí no vuelves sin los cuarenta pesos", dijo. El coronel se dirigió a la sastrería con el envoltorio bajo el brazo. Encontró a los compañeros de Agustín sentados a la puerta.

Uno de ellos le ofreció un asiento. Al coronel se le embrollaban las ideas. "Gracias", dijo. "Voy de paso". Alvaro salió de la sastrería. En un alambre tendido entre dos horcones del corredor colgó una pieza de dril mojada. Era un muchacho de formas duras, angulosas, y ojos alucinados. También él lo invitó a sentarse. El coronel se sintió reconfortado. Recostó el taburete contra el marco de la puerta y se sentó a esperar que Alvaro quedara solo para proponerle el negocio. De pronto se dio cuenta de que estaba rodeado de rostros herméticos.

—No interrumpo —dijo.

Ellos protestaron. Uno se inclinó hacia él. Dijo, con una voz apenas perceptible:

—Escribió Agustín.

El coronel observó la calle desierta.

—¿Qué dice?

—Lo mismo de siempre.

Le dieron la hoja clandestina. El coronel la guardó en el bolsillo del pantalón. Luego permaneció en silencio tamborileando sobre el envoltorio hasta cuando se dio cuenta de que alguien lo había advertido. Quedó en suspenso.

—¿Qué lleva ahí, coronel?

El coronel eludió los penetrantes ojos verdes de Germán.

—Nada —mintió—. Que le llevo el reloj al alemán para que me lo componga.

"No sea bobo, coronel", dijo Germán, tratando de apoderarse del envoltorio. "Espérese y lo examino".

El resistió. No dijo nada pero sus párpados se volvieron cárdenos. Los otros insistieron.

—Déjelo, coronel. Él sabe de mecánica.

—Es que no quiero molestarlo.

—Qué molestarlo ni qué molestarlo —discutió Germán. Cogió el reloj—. El alemán le arranca diez pesos y se lo deja lo mismo.

Entró a la sastrería con el reloj. Alvaro cosía a máquina. En el fondo, bajo una guitarra colgada de un clavo, una muchacha pegaba botones. Había un letrero clavado sobre la guitarra: "Prohibido hablar de política". El coronel sintió que le sobraba el cuerpo. Apoyó los pies en el travesaño del taburete.

—Mierda, coronel.

Se sobresaltó. "Sin malas palabras", dijo.

56

Alfonso se ajustó los anteojos a la nariz para examinar mejor los botines del coronel.

—Es por los zapatos —dijo—. Está usted estrenando unos zapatos del carajo.

—Pero se puede decir sin malas palabras —dijo el coronel, y mostró las suelas de sus botines de charol—. Estos monstruos tienen cuarenta años y es la primera vez que oyen una mala palabra.

"Ya está", gritó Germán adentro, al tiempo con la campana del reloj. En la casa vecina una mujer golpeó la pared divisoria; gritó:

—Dejen esa guitarra que todavía Agustín no tiene un año.

Estalló una carcajada.

—Es un reloj.

Germán salió con el envoltorio.

—No era nada —dijo—. Si quiere lo acompaño a la casa para ponerlo a nivel.

El coronel rehusó el ofrecimiento.

—¿Cuánto te debo?

—No se preocupe, coronel —respondió Germán ocupando su sitio en el grupo—. En enero paga el gallo.

El coronel encontró entonces una ocasión perseguida.

—Te propongo una cosa —dijo.

—¿Qué?

—Te regalo el gallo —examinó los rostros en contorno—. Les regalo el gallo a todos ustedes.

Germán lo miró perplejo.

"Ya yo estoy muy viejo para eso", siguió diciendo el coronel. Imprimió a su voz una severidad convincente. "Es demasiada responsabilidad para mí. Desde hace días tengo la impresión de que ese animal se está muriendo".

—No se preocupe, coronel —dijo Alfonso—. Lo que pasa es que en esta época el gallo está emplumando. Tiene fiebre en los cañones.

—El mes entrante estará bien —confirmó Germán.

—De todos modos no lo quiero —dijo el coronel.

Germán lo penetró con sus pupilas.

—Dése cuenta de las cosas, coronel —insistió—. Lo importante es que sea usted quien ponga en la gallera el gallo de Agustín.

El coronel lo pensó. "Me doy cuenta", dijo. "Por eso lo he tenido hasta ahora". Apretó los dientes y se sintió con fuerzas para avanzar:

—Lo malo es que todavía faltan tres meses.

Germán fue quien comprendió.

—Si no es nada más que por eso no hay pro-

58

blema —dijo.

Y propuso su fórmula. Los otros aceptaron. Al anochecer, cuando entró a la casa con el envoltorio bajo el brazo, su mujer sufrió una desilusión.

—Nada —preguntó.

—Nada —respondió el coronel—. Pero ahora no importa. Los muchachos se encargarán de alimentar al gallo.

—Espérese y le presto un paraguas, compadre.

Don Sabas abrió un armario empotrado en el muro de la oficina. Descubrió un interior confuso, con botas de montar apelotonadas, estribos y correas y un cubo de aluminio lleno de espuelas de caballero. Colgados en la parte superior, media docena de paraguas y una sombrilla de mujer. El coronel pensó en los destrozos de una catástrofe.

"Gracias, compadre", dijo acodado en la ventana. "Prefiero esperar a que escampe". Don Sabas no cerró el armario. Se instaló en el escritorio dentro de la órbita del ventilador eléctrico. Luego extrajo de la gaveta una jeringuilla hipodérmica envuelta en algodones. El coronel contempló los almendros plomizos a través de la lluvia. Era una tarde desierta.

—La lluvia es distinta desde esta ventana

—dijo—. Es como si estuviera lloviendo en otro pueblo.

—La lluvia es la lluvia desde cualquier parte —replicó don Sabas. Puso a hervir la jeringuilla sobre la cubierta de vidrio del escritorio—. Este es un pueblo de mierda.

El coronel se encogió de hombros. Caminó hacia el interior de la oficina: un salón de baldosas verdes con muebles forrados en telas de colores vivos. Al fondo, amontonados en desorden, sacos de sal, pellejos de miel y sillas de montar. Don Sabas lo siguió con una mirada completamente vacía.

—Yo en su lugar no pensaría lo mismo —dijo el coronel.

Se sentó con las piernas cruzadas, fija la mirada tranquila en el hombre inclinado sobre el escritorio. Un hombre pequeño, voluminoso pero de carnes flácidas, con una tristeza de sapo en los ojos.

—Hágase ver del médico, compadre —dijo don Sabas—. Usted está un poco fúnebre desde el día del entierro.

El coronel levantó la cabeza.

—Estoy perfectamente bien —dijo.

Don Sabas esperó a que hirviera la jeringuilla. "Si yo pudiera decir lo mismo", se lamentó.

"Dichoso usted que puede comerse un estribo de cobre". Contempló el peludo envés de sus manos salpicadas de lunares pardos. Usaba una sortija de piedra negra sobre el anillo de matrimonio.

—Así es —admitió el coronel.

Don Sabas llamó a su esposa a través de la puerta que comunicaba la oficina con el resto de la casa. Luego inició una adolorida explicación de su régimen alimenticio. Extrajo un frasquito del bolsillo de la camisa y puso sobre el escritorio una pastilla blanca del tamaño de un grano de habichuela.

—Es un martirio andar con esto por todas partes —dijo—. Es como cargar la muerte en el bolsillo.

El coronel se acercó al escritorio. Examinó la pastilla en la palma de la mano hasta cuando don Sabas lo invitó a saborearla.

—Es para endulzar el café —le explicó—. Es azúcar, pero sin azúcar.

—Por supuesto —dijo el coronel, la saliva impregnada de una dulzura triste—. Es algo así como repicar pero sin campanas.

Don Sabas se acodó al escritorio con el rostro entre las manos después de que su mujer le aplicó la inyección. El coronel no supo qué hacer con su cuerpo. La mujer desconectó el ventilador eléctrico, lo puso sobre la caja blindada y luego se dirigió al armario.

—El paraguas tiene algo que ver con la muerte —dijo.

El coronel no le puso atención. Había salido de su casa a las cuatro con el propósito de esperar el correo, pero la lluvia lo obligó a refugiarse en la oficina de don Sabas. Aún llovía cuando pitaron las lanchas.

"Todo el mundo dice que la muerte es una mujer", siguió diciendo la mujer. Era corpulenta, más alta que su marido, y con una verruga pilosa en el labio superior. Su manera de hablar recordaba el zumbido del ventilador eléctrico. "Pero a mí no me parece que sea una mujer", dijo. Cerró el armario y se volvió a consultar la mirada del coronel:

—Yo creo que es un animal con pezuñas.

—Es posible —admitió el coronel—. A veces suceden cosas muy extrañas.

Pensó en el administrador de correos saltando a la lancha con un impermeable de hule. Había transcurrido un mes desde cuando cambió de abogado. Tenía derecho a esperar una respuesta. La mujer de don Sabas siguió hablando de la muerte hasta cuando advirtió la expresión absorta del coronel.

—Compadre —dijo—. Usted debe tener una preocupación.

El coronel recuperó su cuerpo.

—Así es, comadre —mintió—. Estoy pensando que ya son las cinco y no se le ha puesto la inyección al gallo.

Ella quedó perpleja.

—Una inyección para un gallo como si fuera un ser humano —gritó—. Eso es un sacrilegio.

Don Sabas no soportó más. Levantó el rostro congestionado.

—Cierra la boca un minuto —ordenó a su mujer. Ella se llevó efectivamente las manos a la boca—. Tienes media hora de estar molestando a mi compadre con tus tonterías.

—De ninguna manera —protestó el coronel.

La mujer dio un portazo. Don Sabas se secó el cuello con un pañuelo impregnado de lavanda. El coronel se acercó a la ventana. Llovía implacablemente. Una gallina de largas patas amarillas atravesaba la plaza desierta.

—¿Es cierto que están inyectando al gallo?

—Es cierto —dijo el coronel—. Los entrenamientos empiezan la semana entrante.

—Es una temeridad —dijo don Sabas—. Usted no está para esas cosas.

—De acuerdo —dijo el coronel—. Pero esa no es una razón para torcerle el pescuezo.

"Es una terquedad idiota", dijo don Sabas dirigiéndose a la ventana. El coronel percibió una respiración de fuelle. Los ojos de su compadre le producían piedad.

—Siga mi consejo, compadre —dijo don Sabas—. Venda ese gallo antes que sea demasiado tarde.

—Nunca es demasiado tarde para nada —dijo el coronel.

—No sea irrazonable —insistió don Sabas—. Es un negocio de dos filos. Por un lado se quita de encima ese dolor de cabeza y por el otro se mete novecientos pesos en el bolsillo.

—Novecientos pesos —exclamó el coronel.

—Novecientos pesos.

El coronel concibió la cifra.

—¿Usted cree que darán ese dineral por el gallo?

—No es que lo crea —respondió don Sabas—. Es que estoy absolutamente seguro.

Era la cifra más alta que el coronel había tenido en su cabeza después de que restituyó los fondos de la revolución. Cuando salió de la oficina de don Sabas sentía una fuerte torcedura en las tripas, pero tenía conciencia de que esta

65

vez no era a causa del tiempo. En la oficina de correos se dirigió directamente al administrador:

—Estoy esperando una carta urgente —dijo—. Es por avión.

El administrador buscó en las casillas clasificadas. Cuando acabó de leer repuso las cartas en la letra correspondiente pero no dijo nada. Se sacudió la palma de las manos y dirigió al coronel una mirada significativa.

—Tenía que llegarme hoy con seguridad —dijo el coronel.

El administrador se encogió de hombros.

—Lo único que llega con seguridad es la muerte, coronel.

Su esposa lo recibió con un plato de mazamorra de maíz. Él la comió en silencio con largas pausas para pensar entre cada cucharada. Sentada frente a él la mujer advirtió que algo había cambiado en la casa.

—Qué te pasa —preguntó.

—Estoy pensando en el empleado de quien depende la pensión —mintió el coronel—. Dentro de cincuenta años nosotros estaremos tranquilos bajo tierra mientras ese pobre hombre agonizará todos los viernes esperando su jubilación.

66

"Mal síntoma", dijo la mujer. "Eso quiere decir que ya empiezas a resignarte". Siguió con su mazamorra. Pero un momento después se dio cuenta de que su marido continuaba ausente.

—Ahora lo que debes hacer es aprovechar la mazamorra.

—Está muy buena —dijo el coronel—. ¿De dónde salió?

—Del gallo —respondió la mujer—. Los muchachos le han traído tanto maíz, que decidió compartirlo con nosotros. Así es la vida.

—Así es —suspiró el coronel—. La vida es la cosa mejor que se ha inventado.

Miró al gallo amarrado en el soporte de la hornilla y esta vez le pareció un animal diferente. También la mujer lo miró.

—Esta tarde tuve que sacar a los niños con un palo —dijo—. Trajeron una gallina vieja para enrazarla con el gallo.

—No es la primera vez —dijo el coronel—. Es lo mismo que hacían en los pueblos con el coronel Aureliano Buendía. Le llevaban muchachitas para enrazar.

Ella celebró la ocurrencia. El gallo produjo un sonido gutural que llegó hasta el corredor como una sorda conversación humana. "A veces pienso que ese animal va a hablar", dijo la mujer. El coronel volvió a mirarlo.

—Es un gallo contante y sonante —dijo. Hizo cálculos mientras sorbía una cucharada de mazamorra—. Nos dará para comer tres años.

—La ilusión no se come —dijo la mujer.

—No se come, pero alimenta —replicó el coronel—. Es algo así como las pastillas milagrosas de mi compadre Sabas.

Durmió mal esa noche tratando de borrar cifras en su cabeza. Al día siguiente al almuerzo la mujer sirvió dos platos de mazamorra y consumió el suyo con la cabeza baja, sin pronunciar una palabra. El coronel se sintió contagiado de un humor sombrío.

—Qué te pasa.

—Nada —dijo la mujer.

Él tuvo la impresión de que esta vez le había correspondido a ella el turno de mentir. Trató de consolarla. Pero la mujer insistió.

—No es nada raro —dijo—. Estoy pensando que el muerto va a tener dos meses y todavía no he dado el pésame.

Así que fue a darlo esa noche. El coronel la acompañó a la casa del muerto y luego se dirigió al salón de cine atraído por la música de los altavoces. Sentado a la puerta de su despacho el padre Angel vigilaba el ingreso para sa-

68

ber quiénes asistían al espectáculo a pesar de sus doce advertencias. Los chorros de luz, la música estridente y los gritos de los niños oponían una resistencia física en el sector. Uno de los niños amenazó al coronel con una escopeta de palo.

—Qué hay del gallo, coronel —dijo con voz autoritaria.

El coronel levantó las manos.

—Ahí está el gallo.

Un cartel a cuatro tintas ocupaba enteramente la fachada del salón: "Virgen de medianoche". Era una mujer en traje de baile con una pierna descubierta hasta el muslo. El coronel siguió vagando por los alrededores hasta cuando estallaron truenos y relámpagos remotos. Entonces volvió por su mujer.

No estaba en la casa del muerto. Tampoco en la suya. El coronel calculó que faltaba muy poco para el toque de queda, pero el reloj estaba parado. Esperó, sintiendo avanzar la tempestad hacia el pueblo. Se disponía a salir de nuevo cuando su mujer entró a la casa.

Llevó el gallo al dormitorio. Ella se cambió la ropa y fue a tomar agua en la sala en el momento en que el coronel terminaba de dar cuerda al reloj y esperaba el toque de queda para poner la hora.

—¿Dónde estabas? —preguntó el coronel.

"Por ahí", respondió la mujer. Puso el vaso en el tinajero sin mirar a su marido y volvió al dormitorio. "Nadie creía que fuera a llover tan temprano". El coronel no hizo ningún comentario. Cuando sonó el toque de queda puso el reloj en las once, cerró el vidrio y colocó la silla en su puesto. Encontró a su mujer rezando el rosario.

—No me has contestado una pregunta —dijo el coronel.

—Cuál.

—¿Dónde estabas?

—Me quedé hablando por ahí —dijo ella—. Hacía tánto tiempo que no salía a la calle.

El coronel colgó la hamaca. Cerró la casa y fumigó la habitación. Luego puso la lámpara en el suelo y se acostó.

—Te comprendo —dijo tristemente—. Lo peor de la mala situación es que lo obliga a uno a decir mentiras.

Ella exhaló un largo suspiro.

—Estaba donde el padre Angel —dijo—. Fui a solicitarle un préstamo sobre los anillos de matrimonio.

—¿Y qué te dijo?

—Que es pecado negociar con las cosas sagradas.

Siguió hablando desde el mosquitero. "Hace dos días traté de vender el reloj", dijo. "A nadie le interesa porque están vendiendo a plazos unos relojes modernos con números luminosos. Se puede ver la hora en la oscuridad". El coronel comprobó que cuarenta años de vida común, de hambre común, de sufrimientos comunes, no le habían bastado para conocer a su esposa. Sintió que algo había envejecido también en el amor.

—Tampoco quieren el cuadro —dijo ella—. Casi todo el mundo tiene el mismo. Estuve hasta donde los turcos.

El coronel se encontró amargo.

—De manera que ahora todo el mundo sabe que nos estamos muriendo de hambre.

—Estoy cansada —dijo la mujer—. Los hombres no se dan cuenta de los problemas de la casa. Varias veces he puesto a hervir piedras para que los vecinos no sepan que tenemos muchos días de no poner la olla.

El coronel se sintió ofendido.

—Eso es una verdadera humillación —dijo.

La mujer abandonó el mosquitero y se dirigió a la hamaca. "Estoy dispuesta a acabar con los

remilgos y las contemplaciones en esta casa",
dijo. Su voz empezó a oscurecerse de cólera. "Estoy hasta la coronilla de resignación y dignidad".

El coronel no movió un músculo.

—Veinte años esperando los pajaritos de colores que te prometieron después de cada elección y de todo eso nos queda un hijo muerto —prosiguió ella—. Nada más que un hijo muerto.

El coronel estaba acostumbrado a esa clase de recriminaciones.

—Cumplimos con nuestro deber —dijo.

—Y ellos cumplieron con ganarse mil pesos mensuales en el senado durante veinte años —replicó la mujer—. Ahí tienes a mi compadre Sabas con una casa de dos pisos que no le alcanza para meter la plata, un hombre que llegó al pueblo vendiendo medicinas con una culebra enrollada en el pescuezo.

—Pero se está muriendo de diabetes —dijo el coronel.

—Y tú te estás muriendo de hambre —dijo la mujer—. Para que te convenzas que la dignidad no se come.

La interrumpió el relámpago. El trueno se despedazó en la calle, entró al dormitorio y pasó

72

rodando por debajo de la cama como un tropel de piedras. La mujer saltó hacia el mosquitero en busca del rosario.

El coronel sonrió.

—Esto te pasa por no frenar la lengua —dijo—. Siempre te he dicho que Dios es mi copartidario.

Pero en realidad se sentía amargado. Un momento después apagó la lámpara y se hundió a pensar en una oscuridad cuarteada por los relámpagos. Se acordó de Macondo. El coronel esperó diez años a que se cumplieran las promesas de Neerlandia. En el sopor de la siesta vio llegar un tren amarillo y polvoriento con hombres y mujeres y animales asfixiándose de calor, amontonados hasta en el techo de los vagones. Era la fiebre del banano. En veinticuatro horas transformaron el pueblo. "Me voy", dijo entonces el coronel. "El olor del banano me descompone los intestinos". Y abandonó a Macondo en el tren de regreso, el miércoles veintisiete de junio de mil novecientos seis a las dos y dieciocho minutos de la tarde. Necesitó medio siglo para darse cuenta de que no había tenido un minuto de sosiego después de la rendición de Neerlandia.

Abrió los ojos.

—Entonces no hay que pensarlo más —dijo.

—Qué.

—La cuestión del gallo —dijo el coronel—. Mañana mismo se lo vendo a mi compadre Sabas por novecientos pesos.

A través de la ventana penetraron a la oficina los gemidos de los animales castrados revueltos con los gritos de don Sabas. "Si no viene dentro de diez minutos, me voy", se prometió el coronel, después de dos horas de espera. Pero esperó veinte minutos más. Se disponía a salir cuando don Sabas entró a la oficina seguido por un grupo de peones. Pasó varias veces frente al coronel sin mirarlo. Sólo lo descubrió cuando salieron los peones.

—¿Usted me está esperando, compadre?

—Sí, compadre —dijo el coronel—. Pero si está muy ocupado puedo venir más tarde.

Don Sabas no lo escuchó desde el otro lado de la puerta.

—Vuelvo en seguida —dijo.

Era un mediodía ardiente. La oficina resplandecía con la reverberación de la calle. Embotado por el calor, el coronel cerró los ojos involuntariamente y en seguida empezó a soñar con su mujer. La esposa de don Sabas entró de puntillas.

—No despierte, compadre —dijo—. Voy a cerrar las persianas porque esta oficina es un infierno.

El coronel la persiguió con una mirada completamente inconsciente. Ella habló en la penumbra cuando cerró la ventana.

—¿Usted sueña con frecuencia?

—A veces —respondió el coronel, avergonzado de haber dormido—. Casi siempre sueño que me enredo en telarañas.

—Yo tengo pesadillas todas las noches —dijo la mujer—. Ahora se me ha dado por saber quién es esa gente desconocida que uno se encuentra en los sueños.

Conectó el ventilador eléctrico. "La semana pasada se me apareció una mujer en la cabecera de la cama", dijo. "Tuve el valor de preguntarle quién era y ella me contestó: soy la mujer que murió hace doce años en este cuarto".

—La casa fue construida hace apenas dos años —dijo el coronel.

—Así es —dijo la mujer—. Eso quiere decir que hasta los muertos se equivocan.

El zumbido del ventilador eléctrico consolidó

la penumbra. El coronel se sintió impaciente, atormentado por el sopor y por la bordoneante mujer que pasó directamente de los sueños al misterio de la reencarnación. Esperaba una pausa para despedirse cuando don Sabas entró a la oficina con su capataz.

—Te he calentado la sopa cuatro veces —dijo la mujer.

—Si quieres caliéntala diez veces —dijo don Sabas—. Pero ahora no me friegues la paciencia.

Abrió la caja de caudales y entregó a su capataz un rollo de billetes junto con una serie de instrucciones. El capataz descorrió las persianas para contar el dinero. Don Sabas vio al coronel en el fondo de la oficina pero no reveló ninguna reacción. Siguió conversando con el capataz. El coronel se incorporó en el momento en que los dos hombres se disponían a abandonar de nuevo la oficina. Don Sabas se detuvo antes de abrir la puerta.

—¿Qué es lo que se le ofrece, compadre?

El coronel comprobó que el capataz lo miraba.

—Nada, compadre —dijo—. Que quisiera hablar con usted.

—Lo que sea dígamelo en seguida —dijo don

Sabas—. No puedo perder un minuto.

Permaneció en suspenso con la mano apoyada en el pomo de la puerta. El coronel sintió pasar los cinco segundos más largos de su vida. Apretó los dientes.

—Es para la cuestión del gallo —murmuró.

Entonces don Sabas acabó de abrir la puerta. "La cuestión del gallo", repitió sonriendo, y empujó al capataz hacia el corredor. "El mundo cayéndose y mi compadre pendiente de ese gallo". Y luego, dirigiéndose al coronel:

—Muy bien, compadre. Vuelvo en seguida.

El coronel permaneció inmóvil en el centro de la oficina hasta cuando acabó de oír las pisadas de los dos hombres en el extremo del corredor. Después salió a caminar por el pueblo paralizado en la siesta dominical. No había nadie en la sastrería. El consultorio del médico estaba cerrado. Nadie vigilaba la mercancía expuesta en los almacenes de los sirios. El río era una lámina de acero. Un hombre dormía en el puerto sobre cuatro tambores de petróleo, el rostro protegido del sol por un sombrero. El coronel se dirigió a su casa con la certidumbre de ser la única cosa móvil en el pueblo.

La mujer lo esperaba con un almuerzo completo

—Hice un fiado con la promesa de pagar mañana temprano —explicó.

Durante el almuerzo el coronel le contó los incidentes de las tres últimas horas. Ella lo escuchó impaciente.

—Lo que pasa es que a ti te falta carácter —dijo luego—. Te presentas como si fueras a pedir una limosna cuando debías llegar con la cabeza levantada y llamar aparte a mi compadre y decirle: "Compadre, he decidido venderle el gallo".

—Así la vida es un soplo —dijo el coronel.

Ella asumió una actitud enérgica. Esa mañana había puesto la casa en orden y estaba vestida de una manera insólita, con los viejos zapatos de su marido, un delantal de hule y un trapo amarrado en la cabeza con dos nudos en las orejas. "No tienes el menor sentido de los negocios", dijo. "Cuando se va a vender una cosa hay que poner la misma cara con que se va a comprar".

El coronel descubrió algo divertido en su figura.

—Quédate así como estás —la interrumpió sonriendo—. Eres idéntica al hombrecito de la avena Quaker.

Ella se quitó el trapo de la cabeza.

—Te estoy hablando en serio —dijo—. Ahora mismo llevo el gallo a mi compadre y te apuesto lo que quieras que regreso dentro de media hora con los novecientos pesos.

—Se te subieron los ceros a la cabeza —dijo el coronel—. Ya empiezas a jugar la plata del gallo.

Le costó trabajo disuadirla. Ella había dedicado la mañana a organizar mentalmente el programa de tres años sin la agonía de los viernes. Preparó la casa para recibir los novecientos pesos. Hizo una lista de las cosas esenciales de que carecían, sin olvidar un par de zapatos nuevos para el coronel. Destinó en el dormitorio un sitio para el espejo. La momentánea frustración de sus proyectos le produjo una confusa sensación de vergüenza y resentimiento.

Hizo una corta siesta. Cuando se incorporó, el coronel estaba sentado en el patio.

—Y ahora qué haces —preguntó ella.

—Estoy pensando —dijo el coronel.

—Entonces está resuelto el problema. Ya se podrá contar con esa plata dentro de cincuenta años.

Pero en realidad el coronel había decidido vender el gallo esa misma tarde. Pensó en don Sabas, solo en su oficina, preparándose frente

80

al ventilador eléctrico para la inyección diaria. Tenía previstas sus respuestas.

—Lleva el gallo —le recomendó su mujer al salir—. La cara del santo hace el milagro.

El coronel se opuso. Ella lo persiguió hasta la puerta de la calle con una desesperante ansiedad.

—No importa que esté la tropa en su oficina —dijo—. Lo agarras por el brazo y no lo dejas moverse hasta que no te dé los novecientos pesos.

—Van a creer que estamos preparando un asalto.

Ella no le hizo caso.

—Acuérdate que tú eres el dueño del gallo —insistió—. Acuérdate que eres tú quien va a a hacerle el favor.

—Bueno.

Don Sabas estaba con el médico en el dormitorio. "Aprovéchelo ahora, compadre", le dijo su esposa al coronel. "El doctor lo está preparando para viajar a la finca y no vuelve hasta el jueves". El coronel se debatió entre dos fuerzas contrarias: a pesar de su determinación de vender el gallo quiso haber llegado una hora más tarde para no encontrar a don Sabas.

—Puedo esperar —dijo.

Pero la mujer insistió. Lo condujo al dormitorio donde estaba su marido sentado en la cama tronal, en calzoncillos, fijos en el médico los ojos sin color. El coronel esperó hasta cuando el médico calentó el tubo de vidrio con la orina del paciente, olfateó el vapor e hizo a don Sabas un signo aprobatorio.

—Habrá que fusilarlo —dijo el médico dirigiéndose al coronel—. La diabetes es demasiado lenta para acabar con los ricos.

"Ya usted ha hecho lo posible con sus malditas inyecciones de insulina", dijo don Sabas, y dio un salto sobre sus nalgas flácidas. "Pero yo soy un clavo duro de morder". Y luego, hacia el coronel:

—Adelante, compadre. Cuando salí a buscarlo esta tarde no encontré ni el sombrero.

—No lo uso para no tener que quitármelo delante de nadie.

Don Sabas empezó a vestirse. El médico se metió en el bolsillo del saco un tubo de cristal con una muestra de sangre. Luego puso orden en el maletín. El coronel pensó que se disponía a despedirse.

—Yo en su lugar le pasaría a mi compadre una cuenta de cien mil pesos, doctor —dijo— Así no estará tan ocupado.

—Ya le he propuesto el negocio, pero con un millón —dijo el médico—. La pobreza es el mejor remedio contra la diabetes.

"Gracias por la receta", dijo don Sabas tratando de meter su vientre voluminoso en los pantalones de montar. "Pero no la acepto para evitarle a usted la calamidad de ser rico". El médico vio sus propios dientes reflejados en la cerradura niquelada del maletín. Miró el reloj sin manifestar impaciencia. En el momento de ponerse las botas don Sabas se dirigió al coronel intempestivamente.

—Bueno, compadre, qué es lo que pasa con el gallo.

El coronel se dio cuenta de que también el médico estaba pendiente de su respuesta. Apretó los dientes.

—Nada, compadre —murmuró—. Que vengo a vendérselo.

Don Sabas acabó de ponerse las botas.

—Muy bien, compadre —dijo sin emoción—. Es la cosa más sensata que se le podía ocurrir.

—Ya yo estoy muy viejo para estos enredos —se justificó el coronel frente a la expresión impenetrable del médico—. Si tuviera veinte años menos sería diferente.

—Usted siempre tendrá veinte años menos —replicó el médico.

El coronel recuperó el aliento. Esperó a que don Sabas dijera algo más, pero no lo hizo. Se puso una chaqueta de cuero con cerradura de cremallera y se preparó para salir del dormitorio.

—Si quiere hablamos la semana entrante, compadre —dijo el coronel.

—Eso le iba a decir —dijo don Sabas—. Tengo un cliente que quizá le dé cuatrocientos pesos. Pero tenemos que esperar hasta el jueves.

—¿Cuánto? —preguntó el médico.

—Cuatrocientos pesos.

—Había oído decir que valía mucho más —dijo el médico.

—Usted me había hablado de novecientos pesos —dijo el coronel, amparado en la perplejidad del doctor—. Es el mejor gallo de todo el Departamento.

Don Sabas respondió al médico.

"En otro tiempo cualquiera hubiera dado mil", explicó. "Pero ahora nadie se atreve a soltar un buen gallo. Siempre hay el riesgo de salir muerto a tiros de la gallera". Se volvió hacia el coronel con una desolación aplicada:

—Eso fue lo que quise decirle, compadre.

El coronel aprobó con la cabeza.

—Bueno —dijo.

Los siguió por el corredor. El médico quedó en la sala requerido por la mujer de don Sabas que le pidió un remedio "para esas cosas que de pronto le dan a uno y que no se sabe qué es". El coronel lo esperó en la oficina. Don Sabas abrió la caja fuerte, se metió dinero en todos los bolsillos y extendió cuatro billetes al coronel.

—Ahí tiene sesenta pesos, compadre —dijo—. Cuando se venda el gallo arreglaremos cuentas.

El coronel acompañó al médico a través de los bazares del puerto que empezaban a revivir con el fresco de la tarde. Una barcaza cargada de caña de azúcar descendía por el hilo de la corriente. El coronel encontró en el médico un hermetismo insólito.

—¿Y usted cómo está, doctor?

El médico se encogió de hombros.

—Regular —dijo—. Creo que estoy necesitando un médico.

—Es el invierno —dijo el coronel—. A mí me descompone los intestinos.

El médico lo examinó con una mirada absolutamente desprovista de interés profesional. Saludó sucesivamente a los sirios sentados a la puerta de sus almacenes. En la puerta del consultorio el coronel expuso su opinión sobre la venta del gallo.

—No podía hacer otra cosa —le explicó—. Ese animal se alimenta de carne humana.

—El único animal que se alimenta de carne humana es don Sabas —dijo el médico—. Estoy seguro de que revenderá el gallo por los novecientos pesos.

—¿Usted cree?

—Estoy seguro —dijo el médico—. Es un negocio tan redondo como su famoso pacto patriótico con el alcalde.

El coronel se resistió a creerlo. "Mi compadre hizo ese pacto para salvar el pellejo", dijo. "Por eso pudo quedarse en el pueblo".

"Y por eso pudo comprar a mitad de precio los bienes de sus propios copartidarios que el alcalde expulsaba del pueblo", replicó el médico. Llamó a la puerta pues no encontró las llaves en los bolsillos. Luego se enfrentó a la incredulidad del coronel.

—No sea ingenuo —dijo—. A don Sabas le interesa la plata mucho más que su propio pellejo.

La esposa del coronel salió de compras esa noche. Él la acompañó hasta los almacenes de los sirios rumiando las revelaciones del médico.

86

—Busca en seguida a los muchachos y diles que el gallo está vendido —le dijo ella—. No hay que dejarlos con la ilusión.

—El gallo no estará vendido mientras no venga mi compadre Sabas —respondió el coronel.

Encontró a Alvaro jugando ruleta en el salón de billares. El establecimiento hervía en la noche del domingo. El calor parecía más intenso a causa de las vibraciones del radio a todo volumen. El coronel se entretuvo con los números de vivos colores pintados en un largo tapiz de hule negro e iluminados por una linterna de petróleo puesta sobre un cajón en el centro de la mesa. Alvaro se obstinó a perder en el veintitrés. Siguiendo el juego por encima de su hombro el coronel observó que el once salió cuatro veces en nueve vueltas.

—Apuesta al once —murmuró al oído de Alvaro—. Es el que más sale.

Alvaro examinó el tapiz. No apostó en la vuelta siguiente. Sacó dinero del bolsillo del pantalón, y con el dinero una hoja de papel. Se la dio al coronel por debajo de la mesa.

—Es de Agustín —dijo.

El coronel guardó en el bolsillo la hoja clandestina. Alvaro apostó fuerte al once.

—Empieza por poco —dijo el coronel.

"Puede ser una buena corazonada", replicó Alvaro. Un grupo de jugadores vecinos retiró las apuestas de otros números y apostaron al once cuando ya había empezado a girar la enorme rueda de colores. El coronel se sintió oprimido. Por primera vez experimentó la fascinación, el sobresalto y la amargura del azar.

Salió el cinco.

—Lo siento —dijo el coronel avergonzado, y siguió con un irresistible sentimiento de culpa el rastrillo de madera que arrastró el dinero de Alvaro—. Esto me pasa por meterme en lo que que no me importa.

Alvaro sonrió sin mirarlo.

—No se preocupe, coronel. Pruebe en el amor.

De pronto se interrumpieron las trompetas del mambo. Los jugadores se dispersaron con las manos en alto. El coronel sintió a sus espaldas el crujido seco, articulado y frío de un fusil al ser montado. Comprendió que había caído fatalmente en una batida de la policía con la hoja clandestina en el bolsillo. Dio media vuelta sin levantar las manos. Y entonces vio de cerca, por la primera vez en su vida, al hombre que disparó contra su hijo. Estaba exactamente frente a él con el cañón del fusil apuntando contra su vientre. Era pequeño, aindiado, de piel curtida, y exhalaba un tufo infantil. El coronel apretó los dientes y apartó suavemente con la punta de los dedos el cañón del fusil.

—Permiso —dijo.

Se enfrentó a unos pequeños y redondos ojos de murciélago. En un instante se sintió tragado por esos ojos, triturado, digerido e inmediatamente expulsado.

—Pase usted, coronel.

No necesitó abrir la ventana para identificar a diciembre. Lo descubrió en sus propios huesos cuando picaba en la cocina las frutas para el desayuno del gallo. Luego abrió la puerta y la visión del patio confirmó su intuición. Era un patio maravilloso, con la hierba y los árboles y el cuartito del excusado flotando en la claridad, a un milímetro sobre el nivel del suelo.

Su esposa permaneció en la cama hasta las nueve. Cuando apareció en la cocina ya el coronel había puesto orden en la casa y conversaba con los niños en torno al gallo. Ella tuvo que hacer un rodeo para llegar hasta la hornilla.

—Quítense del medio —gritó. Dirigió al animal una mirada sombría—. No veo la hora de salir de este pájaro de mal agüero.

El coronel examinó a través del gallo el humor de su esposa. Nada en él merecía rencor. Estaba listo para los entrenamientos. El cuello

90

y los muslos pelados y cárdenos, la cresta reba-
nada, el animal había adquirido una figura escueta, un aire indefenso.

—Asómate a la ventana y olvídate del gallo
—dijo el coronel cuando se fueron los niños—.
En una mañana así dan ganas de sacarse un
retrato.

Ella se asomó a la ventana pero su rostro no
reveló ninguna emoción. "Me gustaría sembrar
las rosas", dijo de regreso a la hornilla. El coronel colgó el espejo en el horcón para afeitarse.

—Si quieres sembrar las rosas, siémbralas
—dijo.

Trató de acordar sus movimientos a los de la
imagen.

—Se las comen los puercos —dijo ella.

—Mejor —dijo el coronel—. Deben ser muy
buenos los puercos engordados con rosas.

Buscó a la mujer en el espejo y se dio cuenta de que continuaba con la misma expresión.
Al resplandor del fuego su rostro parecía mo-
delado en la materia de la hornilla. Sin adver-
tirlo, fijos los ojos en ella, el coronel siguió afei-
tándose al tacto como lo había hecho durante
muchos años. La mujer pensó, en un largo silencio.

—Es que no quiero sembrarlas —dijo.

—Bueno —dijo el coronel—. Entonces no las siembres.

Se sentía bien. Diciembre había marchitado la flora de sus vísceras. Sufrió una contrariedad esa mañana tratando de ponerse los zapatos nuevos. Pero después de intentarlo varias veces comprendió que era un esfuerzo inútil y se puso los botines de charol. Su esposa advirtió el cambio.

—Si no te pones los nuevos no acabarás de amansarlos nunca —dijo.

—Son zapatos de paralítico —protestó el coronel—. El calzado debían venderlo con un mes de uso.

Salió a la calle estimulado por el presentimiento de que esa tarde llegaría la carta. Como aún no era la hora de las lanchas esperó a don Sabas en su oficina. Pero le confirmaron que no llegaría sino el lunes. No se desesperó a pesar de que no había previsto ese contratiempo. "Tarde o temprano tiene que venir", se dijo, y se dirigió al puerto, en una instante prodigioso, hecho de una claridad todavía sin usar.

—Todo el año debía ser diciembre —murmuró, sentado en el almacén del sirio Moisés—. Se siente uno como si fuera de vidrio.

El sirio Moisés debió hacer un esfuerzo para traducir la idea a su árabe casi olvidado. Era un

92

oriental plácido forrado hasta el cráneo en una piel lisa y estirada, con densos movimientos de ahogado. Parecía efectivamente salvado de las aguas.

—Así era antes —dijo—. Si ahora fuera lo mismo yo tendría ochocientos noventa y siete años. ¿Y tú?

"Setenta y cinco", dijo el coronel, persiguiendo con la mirada al administrador de correos. Sólo entonces descubrió el circo. Reconoció la carpa remendada en el techo de la lancha del correo entre un montón de objetos de colores. Por un instante perdió al administrador para buscar las fieras entre las cajas apelotonadas sobre las otras lanchas. No las encontró.

—Es un circo —dijo—. Es el primero que viene en diez años.

El sirio Moisés verificó la información. Habló a su mujer en una mezcolanza de árabe y español. Ella respondió desde la trastienda. Él hizo un comentario para sí mismo y luego tradujo su preocupación al coronel.

—Esconde el gato, coronel. Los muchachos se lo roban para vendérselo al circo.

El coronel se dispuso a seguir al administrador.

—No es un circo de fieras —dijo.

—No importa —replicó el sirio—. Los maromeros comen gatos para no romperse los huesos.

Siguió al administrador a través de los bazares del puerto hasta la plaza. Allí lo sorprendió el turbulento clamor de la gallera. Alguien, al pasar, le dijo algo de su gallo. Sólo entonces recordó que era el día fijado para iniciar los entrenamientos.

Pasó de largo por la oficina de correos. Un momento después estaba sumergido en la turbulenta atmósfera de la gallera. Vio su gallo en el centro de la pista, solo, indefenso, las espuelas envueltas en trapos, con algo de miedo evidente en el temblor de las patas. El adversario era un gallo triste y ceniciento.

El coronel no experimentó ninguna emoción. Fue una sucesión de asaltos iguales. Una instantánea trabazón de plumas y patas y pescuezos en el centro de una alborotada ovación. Despedido contra las tablas de la barrera el adversario daba una vuelta sobre sí mismo y regresaba al asalto. Su gallo no atacó. Rechazó cada asalto y volvió a caer exactamente en el mismo sitio. Pero ahora sus patas no temblaban.

Germán saltó la barrera, lo levantó con las dos manos y lo mostró al público de las grade-

94

rías. Hubo una frenética explosión de aplausos y gritos. El coronel notó la desproporción entre el entusiasmo de la ovación y la intensidad del espectáculo. Le pareció una farsa a la cual —voluntaria y conscientemente— se prestaban también los gallos.

Examinó la galería circular impulsado por una curiosidad un poco despreciativa. Una multitud exaltada se precipitó por las graderías hacia la pista. El coronel observó la confusión de rostros cálidos, ansiosos, terriblemente vivos. Era gente nueva. Toda la gente nueva del pueblo. Revivió —como en un presagio— un instante borrado en el horizonte de su memoria. Entonces saltó la barrera, se abrió paso a través de la multitud concentrada en el redondel y se enfrentó a los tranquilos ojos de Germán. Se miraron sin parpadear.

—Buenas tardes, coronel.

El coronel le quitó el gallo. "Buenas tardes", murmuró. Y no dijo nada más porque lo estremeció la caliente y profunda palpitación del animal. Pensó que nunca había tenido una cosa tan viva entre las manos.

—Usted no estaba en la casa —dijo Germán, perplejo.

Lo interrumpió una nueva ovación. El coronel

se sintió intimidado. Volvió a abrirse paso, sin mirar a nadie, aturdido por los aplausos y los gritos, y salió a la calle con el gallo bajo el brazo.

Todo el pueblo —la gente de abajo— salió a verlo pasar seguido por los niños de la escuela. Un negro gigantesco trepado en una mesa y con una culebra enrollada en el cuello vendía medicinas sin licencia en una esquina de la plaza. De regreso del puerto un grupo numeroso se había detenido a escuchar su pregón. Pero cuando pasó el coronel con el gallo la atención se desplazó hacia él. Nunca había sido tan largo el camino de su casa.

No se arrepintió. Desde hacía mucho tiempo el pueblo yacía en una especie de sopor, estragado por diez años de historia. Esa tarde —otro viernes sin carta— la gente había despertado. El coronel se acordó de otra época. Se vio a sí mismo con su mujer y su hijo asistiendo bajo el paraguas a un espectáculo que no fue interrumpido a pesar de la lluvia. Se acordó de los dirigentes de su partido, escrupulosamente peinados, abanicándose en el patio de su casa al compás de la música. Revivió casi la dolorosa resonancia del bombo en sus intestinos.

Cruzó por la calle paralela al río y también

allí encontró la tumultuosa muchedumbre de los remotos domingos electorales. Observaban el descargue del circo. Desde el interior de una tienda una mujer gritó algo relacionado con el gallo. Él siguió absorto hasta su casa, todavía oyendo voces dispersas, como si lo persiguieran los desperdicios de la ovación de la gallera.

En la puerta se dirigió a los niños.

—Todos para su casa —dijo—. Al que entre lo saco a correazos.

Puso la tranca y se dirigió directamente a la cocina. Su mujer salió asfixiándose del dormitorio.

"Se lo llevaron a la fuerza", gritó. "Les dije que el gallo no saldría de esta casa mientras yo estuviera viva". El coronel amarró el gallo al soporte de la hornilla. Cambió el agua al tarro perseguido por la voz frenética de la mujer.

—Dijeron que se lo llevarían por encima de nuestros cadáveres —dijo—. Dijeron que el gallo no era nuestro sino de todo el pueblo.

Sólo cuando terminó con el gallo el coronel se enfrentó al rostro trastornado de su mujer. Descubrió sin asombro que no le producía remordimiento ni compasión.

"Hicieron bien", dijo calmadamente. Y luego, registrándose los bolsillos, agregó con una especie de insondable dulzura:

—El gallo no se vende.

Ella lo siguió hasta el dormitorio. Lo sintió completamente humano, pero inasible, como si lo estuviera viendo en la pantalla de un cine. El coronel extrajo del ropero un rollo de billetes, lo juntó al que tenía en los bolsillos, contó el total y lo guardó en el ropero.

—Ahí hay veintinueve pesos para devolvérselos a mi compadre Sabas —dijo—. El resto se le paga cuando venga la pensión.

—Y si no viene —preguntó la mujer.

—Vendrá.

—Pero si no viene.

—Pues entonces no se le paga.

Encontró los zapatos nuevos debajo de la cama. Volvió al armario por la caja de cartón, limpió la suela con un trapo y metió los zapatos en la caja, como los llevó su esposa el domingo en la noche. Ella no se movió.

—Los zapatos se devuelven —dijo el coronel—. Son trece pesos más para mi compadre.

—No los reciben —dijo ella.

—Tienen que recibirlos —replicó el coronel—. Sólo me los he puesto dos veces.

—Los turcos no entienden de esas cosas —dijo la mujer.

—Tienen que entender.

—Y si no entienden.

—Pues entonces que no entiendan.

Se acostaron sin comer. El coronel esperó a que su esposa terminara el rosario para apagar la lámpara. Pero no pudo dormir. Oyó las campanas de la censura cinematográfica, y casi en seguida —tres horas después— el toque de queda. La pedregosa respiración de la mujer se hizo angustiosa con el aire helado de la madrugada. El coronel tenía aún los ojos abiertos cuando ella habló con una voz reposada, conciliatoria.

—Estás despierto.

—Sí.

—Trata de entrar en razón —dijo la mujer—. Habla mañana con mi compadre Sabas.

—No viene hasta el lunes.

—Mejor —dijo la mujer—. Así tendrás tres días para recapacitar.

—No hay nada que recapacitar —dijo el coronel.

El viscoso aire de octubre había sido sustituido por una frescura apacible. El coronel volvió a reconocer a diciembre en el horario de los alcaravanes. Cuando dieron las dos todavía no había podido dormir. Pero sabía que su mujer también estaba despierta. Trató de cambiar de posición en la hamaca.

—Estás desvelado —dijo la mujer.

—Sí.

Ella pensó un momento.

—No estamos en condiciones de hacer esto —dijo—. Ponte a pensar cuántos son cuatrocientos pesos juntos.

—Ya falta poco para que venga la pensión —dijo el coronel.

—Estás diciendo lo mismo desde hace quince años.

—Por eso —dijo el coronel—. Ya no puede demorar mucho más.

Ella hizo un silencio. Pero cuando volvió a hablar, al coronel le pareció que el tiempo no había transcurrido.

—Tengo la impresión de que esa plata no llegará nunca —dijo la mujer.

—Llegará.

—Y si no llega.

Él no encontró la voz para responder. Al primer canto del gallo tropezó con la realidad pero volvió a hundirse en un sueño denso, seguro, sin remordimientos. Cuando despertó ya el sol

100

estaba alto. Su mujer dormía. El coronel repitió metódicamente, con dos horas de retraso, sus movimienots matinales, y esperó a su esposa para desayunar.

Ella se levantó impenetrable. Se dieron los buenos días y se sentaron a desayunar en silencio. El coronel sorbió una taza de café negro acompañada con un pedazo de queso y un pan de dulce. Pasó toda la mañana en la sastrería. A la una volvió a la casa y encontró a su mujer remendando entre las begonias.

—Es hora de almuerzo —dijo.

—No hay almuerzo —dijo la mujer.

Él se encogió de hombros. Trató de tapar los portillos de la cerca del patio para evitar que los niños entraran a la cocina. Cuando regresó al corredor la mesa estaba servida.

En el curso del almuerzo el coronel comprendió que su esposa se estaba forzando para no llorar. Esa certidumbre lo alarmó. Conocía el carácter de su mujer, naturalmente duro, y endurecido todavía más por cuarenta años de amargura. La muerte de su hijo no le arrancó una lágrima.

Fijó directamente en sus ojos una mirada de reprobación. Ella se mordió los labios, se secó los párpados con la manga y siguió almorzando.

—Eres un desconsiderado —dijo.

El coronel no habló.

"Eres caprichoso, terco y desconsiderado", repitió ella. Cruzó los cubiertos sobre el plato, pero en seguida rectificó supersticiosamente la posición. "Toda una vida comiendo tierra para que ahora resulte que merezco menos consideración que un gallo".

—Es distinto —dijo el coronel.

—Es lo mismo —replicó la mujer—. Debías darte cuenta de que me estoy muriendo, que esto que tengo no es una enfermedad sino una agonía.

El coronel no habló hasta cuando no terminó de almorzar.

—Si el doctor me garantiza que vendiendo el gallo se te quita el asma, lo vendo en seguida —dijo—. Pero si no, no.

Esa tarde llevó el gallo a la gallera. De regreso encontró a su esposa al borde de la crisis. Se paseaba a lo largo del corredor, el cabello suelto a la espalda, los brazos abiertos, buscando el aire por encima del silbido de sus pulmones. Allí estuvo hasta la prima noche. Luego se acostó sin dirigirse a su marido.

Masticó oraciones hasta un poco después del toque de queda. Entonces el coronel se dispuso a apagar la lámpara. Pero ella se opuso.

—No quiero morirme en tinieblas —dijo.

El coronel dejó la lámpara en el suelo. Empezaba a sentirse agotado. Tenía deseos de olvidarse de todo, de dormir de un tirón cuarenta y cuatro días y despertar el veinte de enero a las tres de la tarde, en la gallera y en el momento exacto de soltar el gallo. Pero se sabía amenazado por la vigilia de la mujer.

"Es la misma historia de siempre", comenzó ella un momento después. "Nosotros ponemos el hambre para que coman los otros. Es la misma historia desde hace cuarenta años".

El coronel guardó silencio hasta cuando su esposa hizo una pausa para preguntarle si estaba despierto. El respondió que sí. La mujer continuó en un tono liso, fluyente, implacable.

—Todo el mundo ganará con el gallo, menos nosotros. Somos los únicos que no tenemos ni un centavo para apostar.

—El dueño del gallo tiene derecho a un veinte por ciento.

—También tenías derecho a que te dieran un puesto cuando te ponían a romperte el cuero en las elecciones —replicó la mujer—. También tenías derecho a tu pensión de veterano después de exponer el pellejo en la guerra civil.

103

Ahora todo el mundo tiene su vida asegurada y tú estás muerto de hambre, completamente solo.

—No estoy solo —dijo el coronel.

Trató de explicar algo pero lo venció el sueño. Ella siguió hablando sordamente hasta cuando se dio cuenta de que su esposo dormía. Entonces salió del mosquitero y se paseó por la sala en tinieblas. Allí siguió hablando. El coronel la llamó en la madrugada.

Ella apareció en la puerta, espectral, iluminada desde abajo por la lámpara casi extinguida. La apagó antes de entrar al mosquitero. Pero siguió hablando.

—Vamos a hacer una cosa —la interrumpió el coronel.

—Lo único que se puede hacer es vender el gallo —dijo la mujer.

—También se puede vender el reloj.

—No lo compran.

—Mañana trataré de que Alvaro me dé los cuarenta pesos.

—No te los da.

—Entonces se vende el cuadro.

Cuando la mujer volvió a hablar estaba otra vez fuera del mosquitero. El coronel percibió

104

su respiración impregnada de hierbas medicinales.

—No lo compran —dijo.

—Ya veremos —dijo el coronel suavemente, sin un rastro de alteración en la voz—. Ahora duérmete. Si mañana no se puede vender nada, se pensará en otra cosa.

Trató de tener los ojos abiertos pero lo quebrantó el sueño. Cayó hasta el fondo de una substancia sin tiempo y sin espacio, donde las palabras de su mujer tenían un significado diferente. Pero un instante después se sintió sacudido por el hombro.

—Contéstame.

El coronel no supo si había oído esa palabra antes o después del sueño. Estaba amaneciendo. La ventana se recortaba en la claridad verde del domingo. Pensó que tenía fiebre. Le ardían los ojos y tuvo que hacer un gran esfuerzo para recobrar la lucidez.

—Qué se puede hacer si no se puede vender nada —repitió la mujer.

—Entonces ya será veinte de enero —dijo el coronel, perfectamente consciente—. El veinte por ciento lo pagan esa misma tarde.

—Si el gallo gana —dijo la mujer—. Pero si

pierde. No se te ha ocurrido que el gallo puede perder.

—Es un gallo que no puede perder.

—Pero suponte que pierda.

—Todavía faltan cuarenta y cinco días para empezar a pensar en eso —dijo el coronel.

La mujer se desesperó.

"Y mientras tanto qué comemos", preguntó, y agarró al coronel por el cuello de la franela. Lo sacudió con energía.

—Dime, qué comemos.

El coronel necesitó setenta y cinco años —los setenta y cinco años de su vida, minuto a minuto— para llegar a ese instante. Se sintió puro, explícito, invencible, en el momento de responder:

—Mierda.

París, enero de 1957

Impresión:
Imprenta Madero, S. A. de C. V.
Avena 102, 09810 México, D. F.
I-II-1990
Edición de 12 000 ejemplares

Biblioteca Era

Jorge Aguilar Mora
   La divina pareja. Historia y mito en Octavio Paz
Claribel Alegría
   Pueblo de Dios y de Mandinga
Dorelia Barahona
   De qué manera te olvido
José Carlos Becerra
   El otoño recorre las islas. Obra poética, 1961/1970
Mario Benedetti
   Gracias por el fuego
Fernando Benítez
   Los indios de México [5 volúmenes]
   Los indios de México. Antología
   Los primeros mexicanos
   Los demonios en el convento. Sexo y religión en la Nueva España
   El libro de los desastres
José Joaquín Blanco
   Función de medianoche
   Un chavo bien helado
Miguel Bonasso
   Recuerdo de la muerte
Luis Cardoza y Aragón
   Pintura contemporánea de México
   Ojo/voz
Rosario Castellanos
   Los convidados de agosto
Carmen Castillo
   Un día de octubre en Santiago
Sotero Constantino
   Foto estudio Jiménez
Carlos Chimal
   Cinco del águila
Gilles Deleuze y Félix Guattari
   Kafka. Por una literatura menor
Isaac Deutscher
   Stalin. Biografía política
   Trotsky. El profeta armado

Trotsky. El profeta desarmado
Trotsky. El profeta desterrado
Mircea Eliade
  Tratado de historia de las religiones
Isabel Fraire
  Sólo esta luz
Carlos Fuentes
  Aura
  Una familia lejana
  Los días enmascarados
Eduardo Galeano
  Días y noches de amor y de guerra
Ross Gandy
  Introducción a la sociología histórica marxista
Gabriel García Márquez
  El coronel no tiene quien le escriba
  La mala hora
  La increíble y triste historia de la cándida Eréndira y de su abuela
  desalmada. Relato ilustrado a color por Roberto Fabelo.
Juan García Ponce
  La noche
Emilio García Riera
  México visto por el cine extranjero
  Tomo I: 1894-1940
  Tomo II: 1906-1940 filmografía
  Tomo III: 1941-1969
  Tomo IV: 1941-1969 filmografía
  Tomo V: 1970-1988
  Tomo VI: 1970-1988 filmografía
  Historia documental del cine mexicano, Tomo IX
Jaime García Terrés
  Poesía y alquimia. Los tres mundos de Gilberto Owen
  El teatro de los acontecimientos
José Luis González
  La galería
  El oído de Dios
Luis González de Alba
  Los días y los años
Georg Groddeck
  El escrutador de almas. Novela psicoanalítica
Ernesto Che Guevara
  Obra revolucionaria

David Huerta
  Incurable
  Cuaderno de noviembre
Efraín Huerta
  Transa poética
Bárbara Jacobs
  Escrito en el tiempo
  Las hojas muertas
  Doce cuentos en contra
Noé Jitrik
  Limbo
Jan Kott
  El manjar de los dioses
José Lezama Lima
  Paradiso
  Oppiano Licario
  Muerte de Narciso. Antología poética
Malcolm Lowry
  Bajo el volcán
Georg Lukács
  Significación actual del realismo crítico
  La novela histórica
Ernest Mandel
  Introducción a la teoría económica marxista
  Tratado de economía marxista [tres volúmenes]
Héctor Manjarrez
  No todos los hombres son románticos
  Canciones para los que se han separado
  Pasaban en silencio nuestros dioses
  El camino de los sentimientos
Ruy Mauro Marini
  Dialéctica de la dependencia
Armand Mattelart
  La cultura como empresa multinacional
Samuel Walter Medina
  Sastrerías
Miguel Méndez
  Peregrinos de Aztlán
Carlos Monsiváis
  Días de guardar
  Amor perdido
  A ustedes les consta. Antología de la crónica en México

Entrada libre. Crónicas de la sociedad que se organiza
Augusto Monterroso
   La palabra mágica
   La letra e
   Viaje al centro de la fábula
   La oveja negra
Rogelio Naranjo
   Elogio de la cordura. Para un retrato de la clase gobernante
Charles Olson
   Llámenme Ismael. Un estudio de Melville
José Clemente Orozco
   Autobiografía
   Cartas a Margarita
José Emilio Pacheco
   Los elementos de la noche
   El reposo del fuego
   No me preguntes cómo pasa el tiempo
   Irás y no volverás
   Islas a la deriva
   Desde entonces
   Los trabajos del mar
   Miro la tierra
   Ciudad de la memoria
   El viento distante
   Las batallas en el desierto
   La sangre de Medusa
Octavio Paz
   Apariencia desnuda. (La obra de Marcel Duchamp)
Orlando Peña
   Estados y territorios en América Latina y el Caribe
Sergio Pitol
   El desfile del amor
   Domar a la divina garza
   Vals de Mefisto
   Juegos florales
Elena Poniatowska
   Lilus Kikus
   Hasta no verte Jesús mío
   Querido Diego, te abraza Quiela
   De noche vienes
   La "Flor de Lis"
   La noche de Tlatelolco

Fuerte es el silencio
Nada, nadie. Las voces del temblor
Agustín Ramos
  Al cielo por asalto
John Reed
  Guerra en Paterson
Nelson Reed
  La guerra de castas en Yucatán
Silvestre Revueltas
  Silvestre Revueltas por él mismo
Jaime Reyes
  La oración del Ogro
Maxime Rodinson
  Mahoma
Robert A. Rosenstone
  John Reed. Un revolucionario romántico
Juan Rulfo
  Antología personal
  El gallo de oro. Y otros textos para cine
Adolfo Sánchez Vázquez
  Las ideas estéticas de Marx
Francisco Toledo
  Lo que el viento a Juárez
Ivor Thord-Gray
  Gringo rebelde. Historias de un aventurero en la revolución mexicana
Paloma Villegas
  Mapas
Paul Westheim
  Arte antiguo de México
  Ideas fundamentales del arte prehispánico en México
  Obras maestras del México antiguo
  Escultura y cerámica del México antiguo
Eric Wolf
  Pueblos y culturas de Mesoamérica
Wiktor Woroszylski
  Vida de Mayakovsky
Cinco mujeres contra el zar [Varias autoras]
El oficio de escritor [Entrevistas con grandes autores]